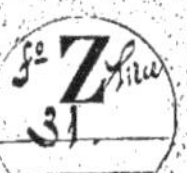

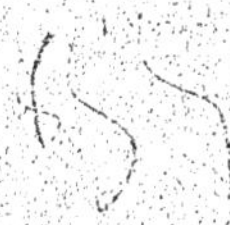

ALLIANCE DES MAISONS D'ÉDUCATION CHRÉTIENNE

LES PP. BIZEUL ET BOULAY

LICENCIÉS ÈS LETTRES, PROFESSEURS A L'ÉCOLE SAINT-JEAN, A VERSAILLES

TABLEAUX D'HISTOIRE LITTÉRAIRE

LITTÉRATURE LATINE

TROISIÈME ÉDITION, REVUE ET AUGMENTÉE

PARIS

LIBRAIRIE CH. POUSSIELGUE

RUE CASSETTE, 15

1893

TABLEAUX

D'HISTOIRE LITTÉRAIRE

LITTÉRATURE LATINE

Pièce
fo Z
31

PROPRIÉTÉ DE

OUVRAGES DES MÊMES AUTEURS

TABLEAUX D'HISTOIRE LITTÉRAIRE

Littérature grecque. 3e édition. . . . . 2 »
Littérature latine. 3e édition, revue et augmentée 2 50
Littérature française.
PREMIÈRE PARTIE. Des origines jusqu'à la fin du moyen âge (1500). . . . 4 50
DEUXIÈME PARTIE. De la Renaissance jusqu'à nos jours. 7 50

ALLIANCE DES MAISONS D'ÉDUCATION CHRÉTIENNE

TABLEAUX D'HISTOIRE LITTÉRAIRE

PAR

LES PP. BIZEUL ET BOULAY

LICENCIÉS ÈS LETTRES

PROFESSEURS A L'ÉCOLE SAINT-JEAN, A VERSAILLES

LITTÉRATURE LATINE

TROISIÈME ÉDITION, REVUE ET AUGMENTÉE

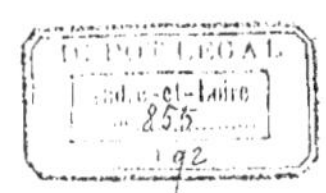

PARIS

LIBRAIRIE CH. POUSSIELGUE

RUE CASSETTE, 15

1893

APERÇU GÉNÉRAL

La situation de l'Italie, longue péninsule isolée au milieu des flots de la Méditerranée, et reliée aux autres contrées de l'Europe par les défilés qui s'ouvrent au centre et à l'extrémité de la chaîne des Alpes, donne tout lieu de croire qu'elle a reçu ses premiers habitants par le nord, plutôt que par des immigrations maritimes, à une époque où la navigation existait à peine.

Les *Marses*, les *Sabins*, les *Samnites* et autres qui en occupaient le centre sous le nom commun d'*Aborigènes*, ont pu se prétendre *autochtones*. Mais, s'il est difficile de fixer même d'une manière probable la date de leur arrivée et de leur établissement, l'étude de l'histoire et des langues n'en permet pas moins de les rattacher à la famille aryenne.

A cette même famille se rattachent, quoique par une filiation différente, les *Illyriens* ou *Pélasges*, les *Ombriens* ou *Ambrons*, qui vinrent successivement les rejoindre, et s'établirent les premiers (vers 1700), par les Alpes Carniques, dans la vallée du Pô et sur les bords de l'Adriatique; les seconds (v. 1500), par les défilés du Tyrol, dans la Cisalpine, la Vénétie et l'Insubrie.

A une époque moins reculée et à peu près contemporaine des temps héroïques (v. 1200) eut lieu une troisième invasion, celle des *Étrusques*, qui fondèrent deux confédérations, de douze cités chacune, dans la Toscane et dans la Campanie.

Ces races se superposèrent sans se détruire; et Rome, qui naquit à leur point de contact (754), ne fut point une cité homogène. Le fond était certainement *illyrien*, mais dès l'origine elle admit dans son sein les peuples environnants : d'abord les chasseurs de la montagne et les laboureurs de la plaine, les *Sabins* et les *Latins*, tous *Osques* d'origine; puis les *Étrusques*, qui, avec Tarquin l'Ancien et Servius, lui apportèrent leurs mœurs et leur brillante civilisation; puis les *Samnites*, dont la soumission si chèrement achetée lui donna l'Italie centrale (342-290); enfin les *peuples de la Grande-Grèce*, que lui livra la défaite de Pyrrhus (272). De là dans la langue romaine deux éléments principaux : l'*illyrien* ou *pélasgique* et l'*osque;* l'un parent du grec éolien, l'autre des langues germaniques. L'*étrusque*, le *messapien* (idiome de la Calabre, de l'Apulie, de la Lucanie), l'*ombrien*, le *sabin* et le *grec* n'eurent qu'une influence nulle ou secondaire sur la formation de l'idiome latin.

La population romaine une fois constituée présenta deux classes entièrement distinctes : les *patriciens* et les *plébéiens*. Descendants des familles fondatrices de Rome, les *patriciens* formaient seuls le *populus romanus;* seuls ils avaient les droits civils, politiques et religieux. Ils se divisaient en trois *tribus : Rhamnenses, Titienses, Luceres;* les tribus en *centuries*, la centurie en *gentes*. Le chef de chaque *gens* exerçait un pouvoir absolu sur toute la famille, composée des *alliés* et des *clients*. La *plèbe* était formée par les peuples vaincus, amenés ou venus d'eux-mêmes à Rome; elle ne possédait aucun droit dans la cité, mais elle en réclama dès les premiers moments, et, malgré la résistance des nobles, elle obtint satisfaction. Ce fut d'abord la réforme du roi Servius, qui balança les droits de la naissance par ceux de la richesse; puis l'institution des tribuns chargés de la défendre et de la diriger (493); enfin l'égalité devant la loi proclamée par les Douze Tables (450), égalité dont les accroissements successifs lui donnèrent accès à toutes les magistratures : dictature, préture, sacerdoce (302).

I

Époque des origines.

(De la fondation, 754, à la prise de Tarente, 272.)

Mais pendant cette longue période de luttes tant extérieures qu'intérieures où Rome travaillait à s'étendre et à se constituer, il ne lui fut guère loisible de s'occuper d'études et de belles-lettres. Aussi n'eut-elle pour toute littérature que les chants de ses prêtres et de ses paysans, le calendrier de ses pontifes et la table de ses lois. Ce n'est qu'après la défaite de Pyrrhus et la conquête de la Grande-Grèce (272) qu'elle prit des goûts et des allures plus littéraires.

II
Époque d'imitation.
(De la prise de Tarente, 272, à la dictature de Sylla, 84).

Éprise alors d'admiration pour les riches monuments de la littérature grecque que venaient de lui révéler l'Italie méridionale et la Sicile (guerres puniques), elle les imita tous à la fois. Épopées, tragédies, comédies, tout fut d'abord traduit ou copié. Mais peu à peu la langue se forma, l'imitation devint plus libre et plus nationale; et à L. Andronicus succédèrent Ennius et Nævius, qui firent place eux-mêmes à Plaute et à Térence. Cependant les grandes conquêtes se continuaient, et la ruine de Carthage (147), de Corinthe (146) et de Numance (133), en livrant à Rome leurs trésors, introduisait dans son sein le luxe et la corruption. Caton lutta pour les mœurs antiques; les Gracques, pour régénérer la vile tourbe d'esclaves et d'affranchis qui remplaçait le vrai peuple romain : dans ces luttes l'éloquence grandit et se développa. Aussi, lorsque les sanglantes rivalités de Marius et de Sylla eurent fait cruellement expier à Rome ses vices et son imprévoyance, fit-elle entendre de dignes accents par la bouche des Antoine et des Crassus.

III
Époque de César et de Cicéron.
(De la dictature de Sylla, 84, à la bataille d'Actium, 31.)

L'époque suivante, non moins féconde en guerres, vit l'éloquence atteindre à son apogée : c'était l'âge des Hortensius, des César et des Cicéron. L'histoire commença aussi à produire des chefs-d'œuvre avec César et Salluste; la vraie poésie, à naître avec Catulle et surtout Lucrèce.

IV
Époque d'Auguste.
(D'Actium, 31 av. J.-C., à la mort de Tibère, 37 après J.-C.)

Puis Octave, devenu Auguste après Actium, reçut dans ses mains le monde fatigué de discordes; et si l'éloquence périt avec la liberté, la poésie, sous ce tout-puissant protecteur, produisit des œuvres immortelles avec Horace et Virgile, Ovide, Properce et Tibulle, l'histoire avec Tite-Live : ce fut, avec l'époque précédente, l'âge d'or de la littérature latine : point de perfection où les Romains n'atteignirent qu'après bien des efforts et où ils ne surent pas se maintenir longtemps.

V
Époque des empereurs.
(De la mort de Tibère, 37, à la mort de Marc-Aurèle, 180.)

Les successeurs d'Auguste aimèrent à intervenir dans les questions littéraires, mais presque toujours leur influence fut néfaste. *Sous Néron,* Sénèque et Lucain, stoïciens de cœur, furent réduits à s'avilir devant le prince jusqu'au jour où leur vint l'ordre de s'ouvrir les veines; Perse seul se tint à la hauteur de ses principes. *Sous Domitien,* Silius Italicus, Stace, Martial, Quintilien même, achetèrent par de basses flatteries la faveur du prince, pendant que Juvénal et Tacite attendaient en silence les règnes de *Nerva* et de *Trajan*, règnes de liberté dont ils profitèrent pour flétrir l'odieuse tyrannie du passé. Les *Antonins,* qui suivirent, furent témoins d'une résurrection de la littérature grecque, mais aussi de la décadence des lettres latines. A peine si l'on peut trouver quelques noms à citer : Fronton, Aulu-Gelle, Apulée.

VI
Époque des derniers empereurs et des docteurs chrétiens.
(De la mort de Marc-Aurèle, 180, à la chute de l'empire, 476.)

Cependant les barbares menacent toutes les frontières; l'anarchie et la corruption grandissent à l'intérieur, et la littérature païenne expire. Mais sur ces ruines naît et croît une société qui attire, épure et fortifie tous les nobles cœurs. Le christianisme, avec ses apologistes, ses docteurs et ses poètes, relève la langue et la pensée, comme il relève dans le même moment la littérature grecque par la bouche des Basile, des Grégoire et des Chrysostome.

VIIe Époque.
Peuples modernes.

Enfin l'empire romain tombe sous les coups des barbares, qui, sous les noms de Burgondes, Visigoths, Francs, etc., se partagent ses provinces et s'y établissent en maîtres. Mais ils subissent l'influence d'une civilisation supérieure, et reçoivent la religion et la langue des vaincus, quittes à transformer cette dernière en idiomes nouveaux.

I. ÉPOQUE DES ORIGINES

(De la fondation de Rome, 754, à la prise de Tarente, 272.)

Le peuple romain et le peuple grec ont une commune origine; mais la nature du climat et les conditions de la vie ont mis une profonde différence entre leurs mœurs, leur religion, leur langue et leur littérature. Dans ces îles fortunées de la mer Ionienne, dans les riantes contrées de la péninsule hellénique, où fleurs et fruits viennent sans travail, où tout est délices et enchantement, l'esprit humain devait naturellement revêtir une couleur poétique. Tout autres sont le sol et la vie du Romain, tout autres son *caractère* et son *génie*. Toujours armé pour défendre son petit domaine, ou courbé sur le sol ingrat de la Sabine pour y labourer des cailloux, il devient forcément *actif, positif* et *pratique*. Pour lui, vivre n'est pas un plaisir, mais un devoir; et ce devoir, l'homme et la femme se le partagent et le remplissent avec une égale religion. Le premier reçoit ses clients et répond sur le droit; il met une scrupuleuse exactitude à tenir son livre de recettes et de dépenses, à bien administrer son patrimoine; c'est de plus un *magistrat* domestique pourvu du droit absolu de vie et de mort sur tous les êtres qui composent sa famille; c'est surtout un *citoyen*, qui vit et travaille pour l'État. La seconde file la laine, donne ses ordres, gouverne avec calme sa maison, mais ne craint pas de paraître en public.

La *religion* du Romain est en tout conforme à sa vie : le sentiment n'y tient guère de place. Composée de cérémonies nombreuses et de prescriptions minutieuses, qui règlent tous les actes de la vie publique et privée, elle n'est, à proprement parler, que l'exactitude à accomplir les *pratiques sacramentelles;* elle est une gêne pour ses fidèles, un instrument de politique pour les habiles, pour le sénat. Aussi ne faut-il pas chercher dans la *prière* du Romain une élévation de l'âme vers la divinité; ce n'est qu'une supplique adressée à un être tout-puissant, qui peut nuire ou rendre service et qu'il faut gagner à sa cause, enchaîner même par un contrat. Ses dieux eux-mêmes, sans généalogies, sans légendes, sans formes précises, sont plutôt des puissances et des abstractions que des êtres animés. Chaque phénomène de la nature et de l'existence humaine, chaque opération des travaux rustiques a sa divinité tutélaire. Le grain de blé en compte à lui seul plus de quinze. *Séia* protège la semence, *Proserpina* la fait germer, *Nodotus* veille aux nœuds de la tige, *Volutina* à l'enveloppe de l'épi, etc. Qu'il y a loin de ce panthéisme vague et prosaïque à l'Olympe hellénique, où s'agitent tant de personnalités brillantes, aimables ou terribles, mais toujours vivantes, où tout prend un corps, une âme, un esprit, un visage!

L'*éducation* ne diffère pas moins chez les deux peuples. En Grèce, on sait mêler l'utile à l'agréable. La *gymnastique* s'y enseigne à côté de la *musique* et de la *poésie*. A Rome, pendant plus de six cents ans, les beaux-arts sont exclus de l'éducation. La *loi des Douze Tables,* voilà le poème par excellence, le *carmen necessarium* que l'on y fait apprendre aux enfants. Quant aux exercices du corps, excellents pour fortifier, ils ne peuvent donner la grâce dans les mouvements ni l'harmonie dans les formes : le jeune Romain se borne à chasser, monter à cheval, lancer le javelot, passer les rivières à la nage. Mais, en revanche, il est de bonne heure initié à la vie publique. L'*atrium* lui met sous les yeux les images de ses ancêtres, dont on lui raconte les hauts faits; il accompagne son père aux festins, au forum, même au sénat; puis il s'attache à quelque homme politique, pour se former sous sa direction, et finit par parcourir lui-même la carrière des honneurs et des charges publiques. Tout cela, joint à la croyance de Rome éternelle, concourt à lui donner une *gravité*, une *majesté* presque sacerdotale.

Dans une vie si grave et si sévère, si occupée, il n'y avait assurément guère de place pour les arts et la poésie, surtout au début. Aussi est-il inutile de chercher une littérature dans cette première époque. Quelques *prières sans effusion*, des *chansons rustiques, satiriques* et *grossières*, des *injures dialoguées*, débitées sur des tréteaux : telles sont toutes les richesses poétiques de Rome abandonnée à son propre génie. Niebuhr a beau prétendre que les légendes dont on entoure ses premiers siècles sont des débris d'épopées primitives : son assertion, dénuée de fondement, contredit à tout ce que nous savons du caractère romain.

La prose n'est guère plus riche. Au *Sénat* et au *Forum*, il y a des *discussions publiques;* mais toute l'éloquence se borne à des paroles véhémentes, à des invectives violentes, à des attaques grossières. Les grandes familles font l'*éloge de leurs morts;* mais ces éloges ne servent qu'à étaler la vanité patricienne. Les prêtres tiennent une *liste des jours de fêtes* et des *jours de travail;* mais ce n'est qu'une sèche nomenclature où sont inscrits sous chaque nom les événements et les prodiges qui ont pu les signaler. Il n'est qu'une science où brille déjà le génie romain : la jurisprudence. Dans la *loi des Douze Tables*, les décemvirs trouvent le secret d'une langue ferme et sobre, où les idées et les mots se détachent comme les figures d'un relief.

Et pourtant il existait dès longtemps en Italie deux choses qui auraient dû provoquer de rapides progrès intellectuels : l'*écriture* et le goût pour la *musique* et pour la *danse*. Mais de la *première*, importée peut-être par les *Pélasges* eux-mêmes et enseignée dans des écoles, dès l'époque des rois, le Romain ne saisit d'abord que le côté *matériel* et *pratique*, et bien des siècles s'écoulèrent avant qu'il y découvrît un instrument littéraire. Il en fut de même pour la *musique* et pour la *danse*. Si son oreille se plut à écouter l'écho renvoyé par les collines, si son imagination naïve et enfantine y crut entendre la parole mystérieuse des satyres, le chant divin des faunes et des nymphes; s'il réserva, dans les fêtes, une place d'honneur à la confrérie des *Danseurs* (*Ludii, Ludiones*) et au collège des *Flûtistes* (*collegium Tibicinum*), le plaisir qu'il prit à ces deux arts fut, pour ainsi dire, tout extérieur. Il goûta plutôt la musique instrumentale que le chant; il n'aima dans la danse que l'agitation du corps; l'âme en était absente : la poésie n'en put naître pour les compléter.

Langue. Mélange de pélasgique et d'osque, la langue resta naturellement aride et dépourvue de toute couleur poétique jusqu'au jour où la littérature grecque vint lui apporter, avec des idées nouvelles, un vocabulaire plus riche, des tournures poétiques, et le sentiment de l'harmonie.

Métrique. Tous les écrits qui n'étaient pas de simples registres avaient un caractère rythmique et se nommaient *carmina*. Ce mot, dérivé de *canere*, désignait moins un certain mélange de longues et de brèves, qu'une *sorte d'arrangement dans les mots* propre à les graver dans l'esprit et à donner à la pensée un tour plus solennel. Le vers *saturnien* était le vers en usage. Suivant les uns, ce serait un *asynartète* composé de deux parties dont l'une serait formée d'ïambes et l'autre de trochées (⏑–⏑–⏑–⏓ | –⏑–⏑–⏓); suivant les autres, il serait basé sur l'*accentuation* et l'*allitération*. Du reste, il varia avec le temps, et finit, semble-t-il, par se rapprocher de l'hexamètre.

POÉSIE

Lyrique

Chants religieux

Chant des Arvales. Cette prière, dont on ne peut déterminer le mètre, est *composée de cinq phrases,* répétées chacune *trois fois*, et se termine par un mot *exclamatif*, redit *cinq fois* en forme de refrain. On la croit d'origine osque. Les prêtres arvales la chantaient au mois de mai, en promenant par les campagnes une truie qu'ils immolaient ensuite aux dieux. Le texte en a été retrouvé seulement en 1778, sous la sacristie de Saint-Pierre, à Rome.

Chant des Saliens. Sous ce nom collectif se rangeaient les hymnes ou simples invocations (*axamenta*), que les douze prêtres de Mars, institués par Numa pour garder les *anciles,* chantaient sur le Palatin en dansant (*salientes*) d'un mouvement vif et prompt, et où ils célébraient les dieux et leurs attributs, Mars surtout, qu'ils invoquaient comme le dieu de la nature.
Horace se moque de ceux qui le vantaient sans le comprendre, et Quintilien le dit inintelligible aux prêtres mêmes qui le chantaient de son temps.

Chant des Argées. On les chantait pendant la *procession* établie par le roi Évandre, *ennemi des Argiens,* et où l'on visitait *vingt-sept sanctuaires* répartis dans les quatre régions de la ville. Les Argées étaient deux mannequins que l'on jetait dans le Tibre du pont Sublicius.

N. B. On cite encore les LIVRES SYBILLINS, les LIVRES DES DEVINS, les sept TABLES EUGUBINES trouvées, en 1444, sur le territoire de Gubbio, et contenant des prescriptions rituelles, des prières, des chants, en *ombrien* et en *latin*.

Chants profanes

Élogieux.

Chants funèbres ou Nénies.
1° Pendant le cortège funèbre, les parents, remplacés plus tard par des femmes gagées (*præficæ*), répétaient un chant laudatif ou des lamentations souvent accompagnées du son de la flûte.
2° La cérémonie funèbre était suivie d'un banquet, où les convives chantaient la vie et les exploits du mort.

Chants de table. C'était également une coutume touchante que, à la fin des repas, chaque convive chantât, ordinairement avec accompagnement de flûtes, des vers en *l'honneur des ancêtres* célèbres par leurs hauts faits ou par leurs vertus.

Satiriques.

Le Romain excellait à saisir un ridicule.

Chants fescennins. D'après Horace, les paysans, *après les sacrifices* qui suivaient leurs rudes travaux, se lançaient des *injures en vers dialogués* et licencieux. Virgile ajoute que les acteurs mettaient sur leurs visages des masques effrayants faits d'écorce d'arbre.
Le nom de Fescennins leur vient de la ville de *Fescennia,* ou plutôt du dieu qui jette les sorts, *Fascinus.*

Mixtes.

Chants de noces. Il n'en reste que des imitations bien postérieures (Catulle), mais on sait qu'il y régnait une extrême licence.

Chants de triomphe. Dans le triomphe, les soldats, *divisés en deux chœurs,* avaient le privilège de mêler à l'éloge de leur général les vérités les plus dures. (V.g. Triomphe de César, dans Suétone; l'ovation de V. Potitus dans Tite-Live).

Dramatique

Origine. Les chants fescennins contenaient la matière d'un drame grossier. D'après Tite-Live, la forme en fut empruntée à l'Étrurie. Dans une peste (333), on fit venir, pour apaiser les dieux, des histrions qui dansaient au son de la flûte. Les jeunes Romains imitèrent ces danses, et se lancèrent de joyeux quolibets, accompagnés de gestes d'accord avec la voix. L'art se mit peu à peu dans ces premières improvisations, et l'on joua des *satires* assez mélodieuses. Par une analogie singulière, ces dialogues en vinrent à mettre en scène des êtres de raison, v.g. LA MORT ET LA VIE (ENNIUS), tout comme les dialogues débités au XVe siècle par les BASOCHIENS.

Satura (*Satura lanx*, plat chargé de divers fruits). Pendant cent vingt ans, la SATURA, mélange de musique, de paroles et de danse, égaya seule de ses railleries acerbes les paysans du Latium. Elle résista à l'invasion du théâtre grec, et fut représentée à la suite de la pièce littéraire, sous le nom d'EXODE.

Atellanes (D'*Atella*, ville d'Ombrie).
La conquête de la Campanie importa à Rome un nouveau genre dramatique, dont l'interprétation fut uniquement réservée aux jeunes Romains : les ATELLANES.
Dans l'Atellane, des personnages de convention, des types fictifs et invariables, remplaçaient les attaques personnelles de la Satura. On s'y moquait surtout de la vie de petite ville; on en critiquait les professions, les mœurs, les coutumes. C'était une sorte de comédie de caractère, dont le plan était tracé d'avance, mais dont les détails étaient livrés à l'improvisation.

Principaux types.
- *Maccus*, gourmand, sot et poltron, lubrique, à la tête chauve, aux oreilles hautes et pointues.
- *Bucco*, parasite vorace et bavard.
- *Dossenus*, charlatan qui donne des consultations de médecine et de droit.
- *Pappus*, vieillard imbécile, avare et superstitieux, fait pour être dupe.
- *Manducus*, croquemitaine aux longues dents.
- Les *Lamia* et les *Mania*, fées et ogresses, divinités redoutées des paysans et des pâtres du Latium.

Mime. Ce genre, qui subsistait encore au temps d'Auguste, représentait par un seul acteur et par des gestes nombreux quelque scène de la vie privée. Il consistait principalement en imitations bouffonnes.

PROSE

Éloquence

Elle dut exister dès les premiers temps, mais ne produisit pas d'œuvre littéraire. *Trois institutions* étaient surtout propres à la développer :

Le sénat. Les affaires les plus graves se traitaient à la *Curie;* mais l'âge des sénateurs, et la manière simple dont se posaient les questions, firent longtemps du sénat une *assemblée de rois* et rendirent superflu tout mouvement oratoire. V.g. *Appius Claudius Cæcus* contre *Pyrrhus.*

Le Forum. Le Forum fut de bonne heure le théâtre des luttes les plus violentes entre les patriciens et les plébéiens; mais le caractère mesquin et égoïste de ces luttes ne permit pas à l'éloquence d'y produire de monument durable.

Les éloges funèbres. Le cortège funèbre des patriciens s'arrêtait au Forum. Là on rangeait autour du cercueil les images des ancêtres, et le plus proche parent faisait l'éloge du mort. Le premier connu est l'éloge de *Publicola*, en l'honneur de *Brutus*. Il nous reste même quelques fragments de celui de *Lucius Metellus*, prononcé par son fils *Quintus*.
Ces éloges offraient de magnifiques thèmes aux développements oratoires. Malheureusement ils gardèrent un caractère personnel, et ne sortirent point du cercle de la famille; ils profitèrent donc peu à l'éloquence et faussèrent l'histoire.

Histoire

Elle naît du calendrier.

Monuments publics.

Commentarii pontificum. Les pontifes consignaient dans ces registres tout ce qui se présentait d'extraordinaire dans l'ordre civil ou religieux.

Dies fasti. D'abord *simple liste* des jours où pouvait siéger le tribunal, avec indication des jeux, fêtes et marchés, ce livre se grossit par la suite de *notices historiques*, écrites au jour anniversaire de l'événement.

Fasti annui. Ce mot de *fastes* s'appliquait aussi à la liste des *années*, contenant les noms de ceux qui avaient rempli les magistratures et le sacerdoce. V. g. FASTI CONSULARES, TRIUMPHALES, SACERDOTALES.

Annales maximi. Le grand pontife exposait chez lui au public une *table blanche*, où il avait consigné les événements remarquables de l'année, surtout les prodiges. Plus tard on transcrivit ces tables, qui formèrent quatre-vingts volumes dont il ne nous est rien parvenu.

Commentarii magistratuum. Chaque magistrat en charge tenait ses *Annales*. Il y avait les tables du *censeur*, les livres des *consuls*, etc.

Colonne de Duilius. Élevée en 261 av. J.-C., cette colonne rappelle la victoire navale de Duilius, dans la première guerre punique.

N. B. On cite encore les TRAITÉS DES ROIS, les LIVRES DES MAGISTRATS ou LIVRES LINTÉENS.

Monuments privés.

Listes généalogiques. Dès les commencements de Rome, les familles patriciennes tinrent à confier à l'écriture les faits qui intéressaient leur race. Elles le firent dans les *stemmata*, ou arbres généalogiques, et dans les *indices, elogia*, ou inscriptions sur les portraits. Mais là, comme dans les éloges funèbres, *laudationes* ou *orationes funebres*, la vérité historique fut souvent subordonnée aux besoins du panégyrique.

Inscriptions funéraires. Le *tombeau des Scipions* nous a conservé plusieurs inscriptions funéraires, dont l'arrangement des mots ferait (?) croire à des vers saturniens.

Jurisprudence

Étude naturelle au Romain.

Caractère. Rome mit dans la composition des lois cet esprit ferme, énergique, mais dépourvu de toute imagination, qui la distingue de la Grèce, si passionnée pour la légende et le symbole.

Loi des Douze Tables. Son grand monument juridique est la LOI DES DOUZE TABLES. Rédigées par les décemvirs (450 av. J.-C.), qui semblent en avoir emprunté plusieurs dispositions à la Grèce, elles règlent toute la société romaine par des prescriptions brèves, concises, éloquentes à force d'énergie. Il n'en reste que des débris, écrits dans une langue sans doute altérée par des maîtres chargés de l'enseigner.

N. B. On cite encore les LOIS ROYALES, faites concurremment par la royauté, les curies et les centuries; le DROIT PAPIRIEN, recueil de coutumes fort anciennes; les FASTES et le DROIT FLAVIEN, qui permirent aux plébéiens (304) de connaître les formes exactes de la procédure et les jours où il était permis de plaider.

II. ÉPOQUE D'IMITATION

(De la prise de Tarente, 272, à la dictature de Sylla, 84.)

Maîtres de l'Italie méridionale par la prise de Tarente (272), amenés en Sicile par la première guerre punique, les Romains se trouvèrent désormais en contact immédiat avec les Grecs. Bientôt même on vit les vaincus affluer à Rome, en qualité de *médecins, grammairiens, précepteurs, cuisiniers,* et commencer à répandre au sein de cette société encore barbare, avec leurs idées et leurs mœurs (surnoms grecs, lits de table, repas principal reporté de midi à deux ou trois heures, maître de libation, palmes aux vainqueurs dans les jeux, etc.), le goût de leur langue et de leur littérature. Ce fut une nouvelle gloire pour la Grèce de dominer, conquérir et policer dans la servitude l'esprit de ses superbes vainqueurs.

Græcia capta ferum victorem cepit, et artes
Intulit agresti Latio.

Merveilleuse influence des lettres et des arts, qui parut mieux encore après la conquête définitive (146). Tout d'abord, poètes tragiques, comiques et épiques puisèrent largement dans ces trésors, pour enrichir leur nouvelle patrie et élever sa culture intellectuelle à la hauteur de sa fortune; et, par suite de cette imitation précipitée et jalouse, les *genres* ne naquirent point, comme en Grèce, régulièrement les uns des autres, la poésie lyrique de l'épopée et le drame des deux autres, mais *un peu au hasard* et d'après le caprice individuel. C'est une première différence; une seconde, c'est qu'à l'exception de quelques essais plus indépendants et vraiment nationaux (épopées de Nævius et d'Ennius), de quelques compositions secondaires et romaines, au moins dans leur *fond* (atellanes, satires), ils ne produisirent que des traductions, qui, pour être assez libres et appropriées à leurs nouveaux lecteurs ou auditeurs, n'en manquaient pas moins d'une véritable originalité.

Il faut attendre plus d'un siècle, et jusqu'à la mort de Sylla (78), pour que le génie romain, encore dans toute sa jeunesse et sa force, *inexhausta pubertas,* épuré et élevé par les études grecques, enfante des œuvres vraiment nationales et immortelles. Il y a pourtant un progrès continu et sensible, surtout dans les ouvrages en prose.

Sans avoir la naïve abondance d'Hérodote ou la pittoresque concision de Thucydide, Caton abandonne la forme d'Annales et donne à ses *origines* un plan régulier et une forte unité. Après lui, Antipater, Asellio, etc., cherchent à transformer l'histoire en œuvre d'éloquence, *opus oratorium,* et préparent ainsi la voie à Salluste et à Tite-Live.

L'éloquence ne doit pas moins aux modèles grecs. Généraux ou magistrats, tous les ont étudiés, quoique à des degrés divers; tous ont développé par cette étude leurs qualités naturelles. Simple, noble et brève avec Scipion et Sempronius Gracchus; austère, énergique et pleine de sens avec Caton, dans ses luttes contre le luxe, l'amour du bien-être, l'esprit de scepticisme et d'incrédulité, en un mot, contre tous les vices importés par les vaincus, elle s'adoucit et s'humanise, pour ainsi dire, avec Paul-Émile, Scipion Émilien et Lélius; elle sait être avec eux magnanime, forte et digne, onctueuse et douce. Avec les Gracques, elle mêle plus habilement encore l'art à la nature, et vient à régler la passion dans leurs revendications libérales en faveur de cette tourbe avilie, qui a remplacé le peuple romain et qu'ils voudraient régénérer par la culture du domaine public, accaparé par la noblesse. Enfin, au milieu des haines et des rancunes, des inimitiés et des divisions, des violences et des meurtres qui remplissent l'époque de Marius et de Sylla, la parole docte et puissante des Antoine et des Crassus l'élève presque à son apogée.

Langue. La langue primitive s'était fort altérée; les finales sourdes tendaient à disparaître; la chute des voyelles abrégeait les mots aux dépens de la sonorité : Ennius restaura l'ancien langage, et rétablit, au moyen de la métrique, l'intégrité des formes. Il l'enrichit de plus, avec la plupart des poètes, d'expressions propres à rendre les idées nouvelles, tout en abusant trop des mots composés et forgés. Deux dialectes apparurent dès lors à Rome : le *sermo plebeius,* dont nous trouvons des traces dans Plaute et les comiques, et d'où sortirent plus tard les langues néo-latines, et le *sermo urbanus,* latin littéraire qui, sous l'influence des modèles grecs et d'une forte culture, se développa aux dépens de l'autre, envahit jusqu'aux monuments, et devint la langue des savants et de la bonne société. C'est l'époque où la langue est *la plus latine,* au dire de Cicéron, parce qu'elle est peu mêlée de grec et d'idiomes étrangers.

Métrique. Livius Andronicus et ses successeurs introduisirent les mesures de vers du drame grec, employant de préférence pour le *dialogue* le *trimètre ïambique* et le *tétramètre trochaïque catalectique* dans la tragédie, et le *tétramètre ïambique catalectique* dans la comédie; et pour les *cantica,* parties lyriques et chantées qui remplaçaient le chœur, les mètres *anapestiques, crétiques, bacchiaques.* Les trois premiers mètres atteignirent à la fin une perfection relativement très grande; mais, au début, tragiques et comiques s'y donnaient toute liberté et dépassaient toute mesure, par exemple dans la dissolution de l'*arsis* et de la *thésis,* dans l'emploi de l'*élision* et la *synizèse.* Il était donc à craindre que la langue latine ne retombât dans la grossièreté du vers saturnien. Aussi *Ennius* s'acquit-il un grand mérite en introduisant l'*hexamètre* et l'*élégiaque dactyliques,* qui n'admettent point la dissolution de l'*arsis,* en soumettant la prosodie à des principes invariables, et en donnant à chaque syllabe une *valeur propre* ou une *valeur de position.* Lucilius et Accius, après lui, réalisèrent de grands progrès dans l'art métrique.

POÈTES POLYGRAPHES

(DRAME, ÉPOPÉE, SATIRE, PHILOSOPHIE)

THÉATRE LATIN

Origine. La tragédie et la comédie *proprement dite* furent introduites à Rome par Livius Andronicus et par des *esclaves grecs;* et cette origine étrangère et basse fut la principale cause de la *déconsidération* des *acteurs.*

Causes d'infériorité.
1° Le théâtre latin n'*étant pas national,* les spectateurs s'intéressaient difficilement aux *fables d'outre-mer.*
2° La *grossièreté du peuple* l'empêchait de *goûter les nobles sentiments,* les scènes touchantes du théâtre grec.
3° Il préféra toujours *la réalité des douleurs physiques* et les émotions des sens à celles de l'imagination.

Défauts. De là :
1° Le *manque d'art* dans les *imitations factices* des premiers auteurs dramatiques.
2° L'impossibilité du *chœur* et de l'*orchestre,* remplacés, le premier par les *Cantica, monologues* d'un mètre plus rapide, et étroitement unis à l'action; le second par l'*accompagnement de la flûte.*

Divers genres de drames.
- Tragédie. *Palliata* (pallium, manteau grec.) — *Prætexiata* (prétexte romaine).
- Comédie. *Palliata* (costume et personnages grecs.) — *Togata* (toge romaine; personnages romains). *Trabeata* (vêtements des chevaliers.) — *Tabernaria* (peinture des classes inférieures de la société de Rome).

Organisation du théâtre. Les théâtres à Rome ne devinrent permanents et fixes qu'au milieu du IIe siècle av. J.-C.; ils furent dès lors construits dans de vastes proportions et *sur le plan des théâtres grecs;* mais l'*autel* était *supprimé,* et l'*orchestre,* en l'absence de chœur, occupé par les magistrats et les Vestales; la scène était formée du *proscenium* (λογεῖον) et du *pulpitum,* plate-forme en bois plus large que le proscenium, et qui n'était *jamais fermée* par le rideau. — Les sénateurs et les chevaliers avaient une place à part dans l'*amphithéâtre.* Un immense *voile* protégeait les spectateurs contre le soleil et la pluie.

Acteurs. Les acteurs s'appelaient *histriones* ou *artifices scenici;* ils formaient des troupes, *grex, caterva,* qui avaient pour chef le premier rôle. C'était à ce *dominus gregis* ou *imperator histrions* que s'adressait un magistrat, quand il voulait offrir au peuple une représentation théâtrale. L'entrée de la troupe n'était pas ouverte au premier venu, il fallait s'y préparer par de longues et sérieuses études dans des écoles spéciales, *ludi histrionum.* Quant au costume, il était à peu près le même qu'en Grèce (moins le masque, du moins au début).

Représentation. Le théâtre relevait de l'État, et il n'y avait que l'*édile curule,* le *préteur urbain,* les *édiles plébéiens* et les *citoyens autorisés* qui avaient le droit de donner des représentations. Le *dator ludi* ou *muneris* devait tout organiser; mais le préteur ou l'édile, magistrats fort occupés, durent bientôt se débarrasser de ce soin sur un *curator ludorum.* Les décors et les costumes avaient été d'abord assez simples; puis, le luxe s'en mêlant, ils atteignirent à une magnificence inouïe, si bien que ces magistrats ne purent plus entrer dans ces détails.

ÉPOPÉE LATINE

Les poètes se contentèrent d'abord *de traduire* les épopées anciennes, l'Odyssée et l'Iliade. Nationale et pleine d'un *souffle poétique* avec Nævius et Ennius, elle laisse regretter les *légendes poétiques,* l'Olympe varié, les héros vivants que l'imagination hellénique avait fournis à Homère. Le *plan,* la *langue,* le *mètre* ne lui font pas moins défaut.

Livius Andronicus (284?-204?).

Biographie. Grec de naissance, pris au siège de Tarente (272 av. J.-C.) et amené à Rome par *Livius Salinator,* il fut le premier à y enseigner la langue grecque, l'histoire et la philosophie, d'abord aux enfants de son patron, puis *publiquement* à ceux de ses amis.

Œuvres. En traduisant l'Odyssée en vers saturniens, il essaya de rendre la physionomie de son modèle. Auteur et acteur tout à la fois, puisqu'il perdit la voix à force de jouer, il *traduisit* aussi un certain nombre de pièces grecques, dont la première fut représentée vers 240. (Egisthe, Ajax, Hermione, etc.) Malgré la *rudesse* du vers d'Andronicus, cette lutte pour rendre les nuances délicates de la phrase grecque dut *assouplir* beaucoup la langue latine.

Nævius (270? - 202?).

Biographie. Né *en Campanie,* Nævius était citoyen romain. Attaché au *parti populaire,* sa verve sarcastique s'attaqua aux plus hauts personnages de Rome, aux *Métellus* et aux *Scipions.* Jeté en prison et deux fois exilé pour ce chef, il mourut à Utique.

Œuvres.
- Tragédies. Elles sont imitées du grec, mais avec plus de liberté que celles de Livius Andronicus. Ex. : Andromaque, Danaé, Iphigénie, etc. Il avait aussi traité quelques *sujets romains.* Son Alimonium Remi et Romuli donna naissance à la tragédie Prætextata.
- Comédies. C'est surtout à ce titre que les Romains estimaient Nævius, probablement à cause de son imitation originale et libre, à la façon de Plaute.
- Première Guerre punique (7 livres). Le premier il entreprit un poème *vraiment national,* en chantant les premiers temps de Rome et la Première Guerre punique, à laquelle il avait pris part. Mais il lui était difficile de transformer et d'idéaliser des faits si récents, et son poème ne dut être qu'une sorte de *Chronique versifiée,* bien qu'il y déployât les ornements de l'épopée. C'est lui qui le premier raconta en latin les Aventures de Didon et d'Énée, fable grecque popularisée plus tard par l'Énéide de Virgile.

Critique. Par les fragments qui nous sont parvenus, on peut voir que Nævius était un esprit *vigoureux, énergique,* et ayant conscience de sa force. Un mot le peint : *Nævius bouillonne.* Il fut très populaire à Rome : « Sa Guerre punique nous charme encore, » disait Cicéron, et Horace : *Nævius in manibus non est, et mentibus hæret.*

Ennius (239 - 169).

Biographie. Né *à Rudies,* en Calabre, et de race grecque, Ennius servait dans l'armée romaine, en Sardaigne, quand *Caton* l'amena à Rome. Il enseigna le grec, et travailla pour le théâtre, sous la protection des plus grandes familles, notamment des Scipions, dont il partagea même la sépulture.

Œuvres. *Esprit ouvert et talent varié, il porta son activité sur tous les genres, et ouvrit de nouveaux horizons à la poésie et à la pensée romaines.* (Fragments).
- Tragédies. Il avait *traduit* ou *imité* plus de *vingt tragédies,* la plupart empruntées à Euripide : Andromaque, Iphigénie, Néoptolème, Hécube, Médée, etc. Les fragments qui en restent montrent que ces *traductions* étaient *presque littérales,* sauf les chœurs et les développements philosophiques empreints d'une marque originale.
- Comédies. Il composa aussi des *comédies;* mais les Romains ne l'ont pas mis au rang des grands comiques.
- Satires (6 livres). Ennius donna aux injures et aux critiques grossières de l'antique *Satura* une forme plus *savante* et mieux *déterminée :* il attaqua les ridicules et les vices dans des *tirades poétiques mêlées de rythmes divers.*
- Philosophie. Il initia les Romains à la philosophie grecque en résumant la *doctrine de Pythagore* et en traduisant l'ouvrage où le *sceptique Evehmère* expliquait la *mythologie* au moyen de l'histoire.
- Annales (poème épique) (18 livres).
  - Sujet. Les Annales, voilà la grande gloire d'Ennius. Elles exposent dans l'*ordre chronologique* toute l'*histoire traditionnelle* de Rome, depuis l'arrivée d'Énée, jusqu'à la seconde guerre punique.
  - Critique. Les Annales ont joui de la plus grande estime dans l'antiquité. Ennius lui-même croyait avoir l'*âme d'Homère,* et comparait volontiers ses œuvres à l'Iliade et à l'Odyssée. Cicéron et Lucrèce lui prodiguèrent les éloges : « *summus poeta noster.* » (Cicéron.) Au siècle d'Auguste, Virgile l'étudia et l'imita, tout en disant avec dédain qu'*il tirait l'or de son fumier.* De fait, Ennius a le *ton épique,* et dans les fragments qui nous restent de son poème on sent la *vie* et l'*enthousiasme.* Mais de là à être l'égal d'Homère, la distance est grande : le *plan* et la *forme* des deux épopées grecque et latine ne peuvent se comparer. Ce n'est pas à dire qu'il faille s'acharner contre ce *Grec,* comme l'a fait Niebuhr, sous prétexte qu'*il aurait arrêté* par ses imitations l'*essor de la poésie nationale.* Les Annales d'Ennius sont aussi *patriotiques* que la Guerre punique de Nævius.

N. B. On cite encore un poème sur l'Enlèvement des Sabines, un autre sur Scipion, des Præcepta et des ouvrages en prose.

Pacuvius (220-130).

Biographie. Neveu d'Ennius, Pacuvius naquit à Brindes, et vécut à Rome dans la société des Scipions.

Œuvres. Il traduisit du grec un grand nombre de *tragédies* fort *goûtées de Cicéron.* Horace l'appelle *docte,* peut-être parce qu'à l'*exemple d'Euripide,* son modèle, il aimait les *développements philosophiques;* peut-être aussi à cause de la gravité des pensées, de la fermeté de l'expression, de l'élévation des caractères. (Dulorestès, Antiope, Teucer, Paulus, où il montre une grande prédilection pour Sophocle). Pacuvius composa des *satires,* c'est-à-dire des discours de morale en vers de ton et de mètres variables.

Attius ou Accius (170 - 94?).

Biographie. Né *à Rome* en 170, il mourut vers 94. On ne sait rien de sa vie. (Son entretien avec Pacuvius.)

Œuvres. Des *tragédies* grecques qu'il imita ou traduisit (Hécube, Médée, Alceste, Antigone, etc.), il reste un certain nombre de fragments. Accius imitait *Eschyle* et *Euripide :* son théâtre présentait donc une plus grande variété de *passions* et de *sujets;* il se distinguait par le mouvement de l'action, l'énergie de la pensée, le pittoresque et la précision des détails. Il avait aussi composé *deux tragédies romaines :* l'une, intitulée Décius, traitait de la mort héroïque de Décius Mus; l'autre, Brutus, de la chute de Tarquin. A son talent de poète Attius joignit celui de prosateur distingué. Ses Didascalica, Pragmatica, Parerga, traitaient de divers sujets d'histoire littéraire et particulièrement du théâtre.

Lucilius (148 - 103).

Biographie. Né à *Suessa Aurunca,* Caius Lucilius était d'une famille *équestre.* Engagé comme *soldat* à l'âge de quatorze ans, il assista au siège de *Numance,* et trouva dans *Scipion Émilien* et *Lélius* des protecteurs dévoués et des appuis d'un goût délicat, lors de ses débuts littéraires. Enrichi par des fonctions lucratives en Asie, il se retira à *Naples,* vers l'an 103, et y mourut quelque temps après, recherché et admiré de tous les beaux esprits.

Œuvres. *30 livres, dont les 20 premiers en vers hexamètres.* La *satire* de Lucilius prend à partie toutes les classes de la société, même les plus élevées : elle nomme hardiment les sots et les coquins qui pullulaient alors à Rome, les *Crassus,* les *Mutius,* les *Opimius,* les *Albutius;* elle est *personnelle.* Elle est en même temps *morale* et *patriotique :* ce qu'elle attaque, ce qu'elle poursuit de son glaive acéré, ce sont les ennemis même de Rome, tous ces mauvais citoyens, qui perdent l'État par leur *rapacité,* leur *mollesse,* leur *sensualité.* Enfin, elle est *universelle:* tout ce qui se passe à Rome relève de sa férule, politique, poésie, grammaire, orthographe même, elle poursuit surtout les sottes affectations des grécomanes. Lucilius eut un travers, qu'il raillait chez les autres, celui de mêler du grec à ses vers; *Horace* l'en blâme, comme il blâme sa fécondité diffuse et sa versification négligée; mais on ne peut nier qu'il ne fût malin, plaisant, qu'il n'excellât à faire rire les honnêtes gens, et voilà pourquoi ses satires occupèrent toujours une place d'honneur dans la faveur publique. Lucilius eut d'ailleurs le mérite de constituer définitivement la *satire* comme poème didactique et moral, vraiment romain par le *choix des sujets* aussi bien que par le *nom.*

COMÉDIE

FABULA PALLIATA

Plaute (254-184?).

Avec Plaute, la comédie nous apparaît constituée. Elle s'ouvre par un *prologue*, où le poète renseigne les spectateurs sur le sujet et les personnages, se recommande à leur bienveillance et se défend contre les critiques. Elle se compose de dialogues, *diverbia;* de monologues, *soliloquia;* de *cantica*, et se divise *en actes.*

BIOGRAPHIE. — Originaire de *Sarsina*, en Ombrie, et issu d'une famille libre, mais de condition inférieure, TITUS MACCIUS PLAUTUS (*aux pieds plats* ou *chien à longues oreilles*) s'adonna tout d'abord au théâtre; et, soit qu'il jouât dans ses propres pièces, soit qu'il fût directeur d'une troupe de comédiens, il y obtint de grands succès, et amassa une honnête fortune. Malheureusement il perdit ensuite dans de fausses spéculations les économies qu'il avait faites, et fut réduit à *tourner la meule* dans une pistrine : de là lui vint le surnom d'*Asinarius*. Le prix de trois comédies qu'il y composa et qu'il vendit aux édiles, lui permit d'abandonner ces vulgaires occupations pour se livrer entièrement au théâtre. Il mourut vers l'âge de 70 ans.

ŒUVRES. — Plaute avait certainement composé un nombre fort considérable de *comédies;* mais on lui en a attribué bien d'autres qui ne sont que des contrefaçons ou des imitations plus ou moins heureuses. On en compte vingt *d'authentiques*, mais incomplètes. Les plus connues sont l'AMPHITRYON, imité par *Rotrou* dans les SOSIES et par *Molière* dans l'AMPHITRYON; la MOSTELLARIA, à laquelle *Larivey* a pris une partie de sa comédie des ESPRITS, et dont *Regnard* s'est inspiré pour son RETOUR IMPRÉVU; le MILES GLORIOSUS, le modèle de tous les capitans grotesques du XVIIe siècle, depuis le PÉDANT JOUÉ, de *Cyrano de Bergerac*, jusqu'au héros de l'ILLUSION COMIQUE, de *Corneille;* les MÉNECHMES, imités par *Regnard;* le TRINUMMUS, par *Destouches*, dans son DISSIPATEUR; les CAPTIFS, le RUDENS, etc.

AULULARIA (La marmite). — *Euclion*, vieillard pauvre, a trouvé dans sa maison une *marmite* pleine d'or, qu'il s'est hâté d'enfouir, pour son malheur, car il en a perdu son repos et son sommeil. Il querelle tout le monde, croyant voir tous les yeux fixés sur sa cachette. — Cependant *Mégadore*, un riche voisin, vient demander la *main de sa fille*. C'est sans doute qu'il a deviné sa richesse soudaine; Euclion refuse, puis accepte, mais avec la clause formelle : *sans dot*. — Dans sa générosité, le gendre commande un *grand repas de noces*, et remplit la maison d'Euclion d'une bande de cuisiniers. A cette vue les transes du malheureux redoublent. Pour échapper à tant de fripons, il *porte sa marmite* d'abord dans le temple de la Bonne-Foi; puis, effrayé par un corbeau, dans le bois de Sylvain. Mal lui en prend : un *coquin d'esclave*, qui le guettait, *déniche la marmite*. — Au milieu des *lamentations pathétiques* du vieillard, le *neveu de Mégadore*, amant de sa fille, vient, après le désistement de son oncle, la *demander en mariage*. De là une confusion burlesque; l'un, parlant de la *marmite*, objet de tous ses soucis, et l'autre, de la *jeune fille*, objet de ses amours. — Le *dénouement fait défaut;* mais, d'après le prologue, tout doit se conclure par le *mariage de Lycandre et de Phèdre*, avec le trésor pour dot, et par le bonheur d'Euclion, qui retrouve la paix et la joie.

Critique. — De cette pièce Molière a tiré son AVARE. La différence des titres indique la principale différence des deux comédies. Celle de Molière est une étude de *caractère;* celle de Plaute, une comédie de *situations*. Euclion est plutôt *soucieux* que *ladre;* il est avare *par occasion*, et non point *par nature*. Habitué à la pauvreté, enrichi par hasard, son trésor le trouble, lui fait perdre l'équilibre de la raison. Sa guérison soudaine est dès lors très vraisemblable. C'est plutôt le SAVETIER de la Fontaine que l'HARPAGON de Molière.

CRITIQUE.

Sources. — Plaute *emprunta* aux comiques grecs la *fable* de presque toutes ses comédies; et comme la satire personnelle et politique de *l'ancienne comédie* ne pouvait être ni transportée ni imitée à Rome, ce fut aux auteurs de la *comédie nouvelle*, ordinairement à *Philémon* et à *Diphile*, parfois à *Ménandre* ou même à *Epicharme* qu'il s'adressa, prenant leurs cadres, leurs personnages, leurs situations, mélangeant (*contaminatio*) les diverses parties de leurs œuvres, suivant l'occasion. Jeunes gens amoureux et prodigues, courtisanes effrontées, pères bourrus, valets fripons, tout cela compliqué de naufrages, d'enlèvements de pirates, de cassettes mystérieuses, égayé par des soldats fanfarons, des parasites spirituels : voilà ce qu'il sut approprier au goût des Romains.

Qualités. — *Plaute modifie ses modèles avec génie, et les fait goûter au peuple grossier de Rome; il écrit pour les petites gens, dont il partage la foi crédule et la morale relâchée.*

I. *Par l'exagération des caractères.* — Plaute *épaissit, caricature* tous les caractères de la *comédie nouvelle*, et les rend complètement ridicules, même dans leur extérieur (gros ventre, œil crevé, etc.).

II. *Par la peinture des vices romains.* — La scène se passe bien en *Grèce* ou en *Sicile;* les personnages ont bien le *pallium* (on ne pouvait jouer un citoyen romain), mais Plaute l'oublie souvent : à chaque instant de spirituelles inadvertances rappellent que nous sommes à Rome, et qu'il s'agit bien des vices des Romains. Ici il parle de banquiers voleurs qui habitent le *Forum;* là, d'*affranchis* insolents, de *matrones* revêches et acariâtres; plus loin il ose nommer le *Capitole*, les *édiles*, les *triumvirs nocturnes* ou *capitaux;* cela a surtout lieu dans ses *prologues*, que l'on pourrait comparer aux *parabases d'Aristophane*, et qui ne sont pas seulement un programme de la pièce, mais aussi une sorte de tribune, où il prend la parole en son nom avec une adresse, un esprit, un persiflage merveilleux.

III. *Par sa verve comique.* — Ce qui plaisait surtout à ses contemporains, et ce qui nous charme encore, c'est la *verve*, l'*entrain* qui règnent dans toutes ses pièces; c'est un torrent de plaisanteries, de farces, de gestes bouffons qui emportent le rire (*vis comica*). Les *valets* surtout et les *parasites* ont un répertoire de jeux de mots, de mots forgés, du ton le plus plaisant : parasites et valets, voilà, en effet, ses rôles de prédilection, ceux qu'il aime à mettre en scène et auxquels il prête tout son esprit; ils se rient de tout, même du bâton, même de la croix.

Défauts.

I. *Monotonie du plan.* — C'est toujours la lutte d'un jeune homme amoureux contre son père ou contre le *leno* pour obtenir la possession de celle qu'il aime. Il est aidé dans son entreprise par un esclave rusé et escroc. Après bien des *péripéties* plus ou moins romanesques, les deux amants sont unis et le mariage est célébré.
Plaute tient ce défaut de ses modèles : la *comédie nouvelle n'a pas eu d'autre thème.*

II. *Défaut d'ordre et de composition.* — Plaute s'inquiète *peu de l'arrangement* de ses pièces. Aussi les scènes manquent-elles souvent de liaison entre elles.
La *vraisemblance* n'est guère plus respectée; les situations comiques y sont poussées à l'excès; les plaisanteries, accumulées de manière à ralentir l'action, et à lui enlever ses proportions régulières; les hors-d'œuvre et les apartés, trop multipliés; enfin, il n'est pas rare que les péripéties et leur dénouement soient annoncés à l'avance. Plaute néglige surtout ou brusque les *reconnaissances*. Tout cela, il eût pu l'éviter, mais à quoi bon? Il écrivait pour un peuple grossier qui ne lui en aurait tenu nul compte.

III. *Immoralité.* — Loin de vouloir corrompre, Plaute essaye même de rendre *le vice odieux;* mais il mêle à ses leçons trop de détails obscènes.
D'autre part, rien n'a été plus funeste à l'*autorité paternelle*, jusque-là ferme et sacrée, que ces spectacles où un vieux père imbécile devient le rival ou le jouet d'un fils insolent ou d'un impudent escroc : la famille romaine en reçut une atteinte irrémédiable.

Style et langue. — Le *style* de Plaute est riche en expressions colorées, en alliances de mots originales et hardies, prises dans la langue populaire, dans ses couches les plus basses, les plus fangeuses. Les jeux de mots, et les calembours y abondent, et souvent ils vont jusqu'à la grossièreté. Mais il s'y trouve tant de vivacité et d'imprévu, tant de gaieté mordante et de bonne humeur, parfois même tant de profondeur que le rire éclate, sans trop se préoccuper du goût : à ce point de vue, Plaute rappelle notre Rabelais.
Sa *langue*, semée de *tournures* et de *mots grecs*, est beaucoup plus souple que celle de Nævius, sans manquer néanmoins de précision et d'énergie : c'est la langue du peuple avec ses tournures et ses idiotismes.
La *métrique* de ses pièces est *variée à l'infini* (*numeri innumeri*, dit-il lui-même); et l'on y trouve tant *de licences*, les *syllabes communes*, les *hiatus*, les *élisions*, les *réunions de voyelles* sont si nombreux, qu'il est bien difficile de les scander.

Jugements. — Ces qualités et ces défauts expliquent les phases diverses de la renommée de Plaute. Fort goûté de ses contemporains, il fut plus tard admiré de Cicéron, qui le jugeait *elegans, urbanus, ingeniosus, facetus.* Horace traitait, au contraire, de grossiers ceux qui louaient le sel de ses plaisanteries. Moins goûté que Térence au XVIIe siècle, pour des raisons exposées plus loin, il est mieux apprécié au XIXe, où l'on fait cas avant tout de la vie, de la verve et de l'entrain, et où l'on passe volontiers à cette condition les exagérations et les défauts de forme.

COMÉDIE

FABULA PALLIATA (suite)

Cécilius (mort v. 168).

Biographie. CÉCILIUS se place *entre* PLAUTE *et* TÉRENCE. Né *à Milan* dans l'esclavage, il s'éleva au premier rang des poètes comiques et *protégea les débuts de Térence* en approuvant son ANDRIENNE. Il semble que, comme ce dernier, il ait pris *Ménandre* pour modèle.

Caractère. Plein de *verve* et de *mouvement*, il était fort estimé des anciens. Cicéron, qui critique son style, le regarde néanmoins comme le plus parfait des comiques latins. Il ne nous reste de lui qu'un passage cité par Aulu-Gelle.

Térence (194-159).

Biographie. Né *en Afrique*, et probablement *à Carthage*, TÉRENCE (*Publius Terentius Afer*) fut pris par des pirates, et vendu au sénateur romain *Terentius Lucanus*, qui l'affranchit et lui fit donner une excellente éducation. Il vécut à Rome, *honoré* des plus hautes amitiés, et admis dans la familiarité des Scipions et des Lélius, qu'on soupçonna même d'avoir mis la main à plusieurs de ses pièces. — *Nature tendre, mélancolique et délicate,* il mourut jeune (35 ou 36 ans), au retour d'un voyage en Grèce, soit dans un naufrage, soit de douleur d'avoir perdu ses manuscrits.

Œuvres. Il nous reste *six comédies* de Térence : l'ANDRIENNE, imitée par Baron ; l'HÉCYRE ; l'HEAUTONTIMOROUMENOS, où un père, Ménédème, vit comme un mercenaire, pour se punir de sa sévérité intempestive à l'égard de Clinias, son fils, qui a fui la maison paternelle ; l'EUNUQUE, imité par la Fontaine ; le PHORMION, que rappelle une bonne partie des FOURBERIES DE SCAPIN ; les ADELPHES, qui ont fourni à Molière l'idée de l'ÉCOLE DES MARIS, et à Baron celle de l'ÉCOLE DES PÈRES.

- **L'ANDRIENNE (165).** Un jeune Athénien, *Pamphile*, s'est fait aimer d'une jeune fille qui passe pour la sœur d'une courtisane, et il lui promet de l'épouser. Son père, qui songeait à le marier à la fille d'un riche Athénien, *Chrémès*, découvre son amour, et, pour le forcer à le lui révéler, simule les apprêts du mariage convenu. *Pamphile* feint d'y consentir, et le mariage aurait lieu, si *Chrémès* ne s'apercevait que le jeune homme n'aime pas sa fille. Tout est rompu. Mais bientôt un incident apprend à *Chrémès* que *Glycère*, l'amante de *Pamphile*, est une de ses filles qu'on lui avait enlevée en bas âge. Tout s'arrange, et la pièce finit par le double mariage de *Pamphile* avec *Glycère*, et de la sœur de *Glycère* avec un ami de *Pamphile*.
- **LES ADELPHES (160).** Deux frères, *Ctésiphon* et *Eschine*, sont élevés : le premier *par son père Déméa*, avec beaucoup de *sévérité* ; le second par *un oncle*, qui lui laisse *la plus grande liberté*. Il s'agit de savoir lequel des deux procédés est le meilleur. Eschine enlève une chanteuse : *grand succès pour le* père, qui ne sait pas qu'Eschine n'agit que pour son frère Ctésiphon, et qui blâme fortement la conduite et les principes de l'oncle. — Cependant *Eschine* devient lui-même *amoureux d'une jeune* fille, et son tuteur lui permet de l'épouser. Quant au sévère *Déméa*, il finit par ouvrir les yeux sur la conduite de son Ctésiphon ; et confondu à son tour par l'oncle indulgent, il *se convertit* si bien à ses principes qu'il pardonne tout, force son frère à doter les jeunes époux, à affranchir les esclaves, etc., montrant ainsi tout à la fois *l'absurdité des deux systèmes poussés à l'excès*.

Critique.

Sources. Comme Plaute, Térence emprunta aux auteurs grecs de la *Comédie nouvelle* (Diphile, Apollodore, surtout Ménandre) *des sujets tout traités*, qu'il transporta à Rome, mais *avec des procédés différents*, car il s'adressait surtout à la noblesse.

Qualités. *S'adressant à une société nouvelle, où la jeunesse noble commençait à recevoir une éducation grecque, il cherche à lui plaire :*

- **I. Par la délicatesse des caractères.** Plaute avait grossi les traits, exagéré les ridicules : Térence laisse à ses personnages le caractère délicat qu'ils avaient dans Ménandre : ils sont pleins d'*atticisme* et de *politesse* ; ils ont aussi tous les *vices raffinés* d'une société décrépite. Partant, plus d'esclave ivrogne et débauché, plus de parasite ni de bouffon grossier, à l'œil crevé d'un débris de plat. Ses rieurs sont des *hommes d'esprit* qui savent flatter.
- **II. Par la vraisemblance parfaite.** *Plus de ces invraisemblances*, parfois si plaisantes chez Plaute, qui nous transportent d'Athènes à Rome, et nous font voir des Romains sous le manteau grec. Pas d'anachronismes, pas de transpositions de lieux, de mœurs, d'usages, pas une allusion, pas une réminiscence ; la pièce est toute grecque ; c'est un calque d'une suprême perfection.
- **III. Par l'art de la composition.** Surtout plus de scènes cousues au hasard. Dans Térence *tout se tient, tout s'enchaîne* avec l'art le plus parfait. Telle est même l'unité de sa composition, que souvent il *réunit* en une seule *deux pièces grecques*, sans qu'il soit possible au critique le plus exercé d'en apercevoir la soudure. Et que dire de la finesse et de la perfection des détails ? Il excelle surtout dans le *dialogue*, où ses personnages restent fidèles à eux-mêmes, sans sortir un instant dans leur conversation réfléchie et mesurée des strictes convenances.
- **IV. Par l'élégance du style.** Le style est d'une *pureté* et d'une *élégance* si soutenue, qu'elle rapproche beaucoup plus Térence des écrivains du siècle d'Auguste que de Plaute, son contemporain. Plus de *tons forcés* ni de *tours imprévus* ; rien de brusque ni de saisissant ; ce poète se distingue par le *choix*, la *mesure* et l'*harmonie*, dans un âge où il n'y avait ni lexique, ni grammaire, ni goût formé.

Défauts.

- **I. Manque d'action.** Il y a trop de *froideur* dans son théâtre. L'intrigue y est peu fournie ; l'action trop lente. Elle se déroule doucement et régulièrement, *sans entrain, sans verve*, qui dénote dans le poète l'inspiration, le *diable au corps*.
- **II. Sentimentalité des caractères.** Ses caractères si finis, si polis, *manquent de relief*, de traits accentués. Ils peuvent plaire et intéresser ; *on plaint* ces amants qui aiment de tout leur cœur et qui sont contrariés dans leur amour : on ne songe *guère à rire*.
- **III. Immoralité.** Pour être moins grossier que Plaute, Térence n'est pas moins *immoral*. Les farces grossières de son prédécesseur ne font point une impression aussi durable et aussi funeste que la peinture de ces vices aimables et de bon ton, de cette corruption abominable, qui se voile si bien sous les dehors de l'honnêteté, qu'elle se fait insensiblement aimer.

Jugements. La gloire de Térence a subi les mêmes vicissitudes que celle de Plaute, mais en sens inverse. Peu goûté de ses contemporains, dont il *réclame* souvent l'*indulgence* dans ses *prologues*, Horace le ménage, Quintilien le comble d'éloges, et jusqu'au XVIIe siècle sa gloire ne fait que s'accroître : elle atteint alors son apogée. C'est qu'il possédait les qualités que Boileau, Fénelon, la Bruyère et tous les critiques du temps réclamaient dans la comédie : 1° des *caractères* pris dans la nature et points *sans exagération* ; 2° une *analyse délicate* des sentiments ; 3° une *ordonnance parfaite* dans le plan général et dans l'arrangement des parties ; 4° enfin, un *langage poli, délicat, exquis*. Aujourd'hui il n'en est plus de même : nous en avons donné la raison.

N. B. On cite encore **Trabea** et **Atilius**, remarquables tous les deux par le talent d'émouvoir les passions, **Turpilius**, adroit imitateur de Ménandre.

FABULA TOGATA

ORIGINE. Du vivant même de TÉRENCE *la licence des mœurs et les progrès de la démocratie permirent de tourner en dérision la famille romaine et les patriciens autrefois si redoutés* ; de plus les vices et les ridicules abondaient : *de là ce nouveau genre de comédie, qui représente des personnages romains*, sans différer beaucoup pour le cadre et le fond de la *Palliata*.

Atta (v. 102) **et Afranius.** Ce sont les deux principaux représentants de ce genre. ATTA était surtout admiré pour l'expression qu'il savait mettre dans *ses rôles de femmes* ; AFRANIUS était regardé comme le *Ménandre romain*, de l'aveu même d'Horace : *Dicitur Afrani toga convenisse Menandro.*

FABULA TABERNARIA

Titinius. Ce poète, qui vécut probablement entre Cécilius et Térence, composa des comédies qui se rapportaient en grande partie au genre inférieur de la *Tabernaria*. Les fragments qui nous restent de lui témoignent d'un esprit mordant et d'une langue très souple.

MIME

Le mime continue d'être joué avec ses caractères primitifs ; il ne se perfectionnera qu'au commencement de l'époque suivante.

ÉLOQUENCE

AVANT CATON

On commence à sentir dans l'éloquence une première culture grecque.

M. Cornélius Céthégus. — Consul en 204, il est le *premier* Romain à qui Cicéron donne le nom d'*orateur*, avec l'épithète *suaviloquens*. Aucun fragment ne nous permet d'ailleurs de contrôler ce jugement.

Scipion l'Africain. — Le vainqueur d'Annibal avait été l'un des premiers à *protéger les lettrés venus* de la Grèce, et à les admettre dans son intimité. C'est ainsi, par exemple, qu'il se fit accompagner en Afrique du philosophe *Panætius*. Il se défendit toujours *avec dignité* contre les accusations multipliées que lui suscitèrent sa gloire et ses manières hautaines. « *Allons au Capitole*, dit-il un jour au peuple assemblé pour le juger; *c'est à pareil jour que j'ai vaincu Annibal.* » Une autre fois, il déchira son livre de comptes, que le sénat lui réclamait.

Scipion l'Asiatique. — Homme éloquent et grand général, il partagea les occupations littéraires et les débats au Forum de son frère l'Africain, aussi bien que ses travaux militaires et ses exploits.

Sempronius Gracchus. — Ce tribun du peuple, *père des Gracques*, défendit plusieurs fois avec une vraie grandeur d'âme les Scipions, dont il condamnait la politique.

Paul-Émile. — Ce grand général perdit ses deux fils au moment de son triomphe sur Persée (168); en rendant compte au peuple de sa conduite, il parla de ses enfants avec des sentiments admirables. Le magnifique discours que lui prête Tite-Live en cette circonstance doit au moins *rendre les idées* de son allocution, puisque Plutarque la rapporte à peu près de la même manière.

CATON

L'éloquence revient à la gravité et à la rudesse antique. Caton lutte contre l'hellénisme.

BIOGRAPHIE (234-149). — *Né à Tusculum*, dans la Sabine (234), d'une famille de laboureurs, élevé *dans l'amour du travail et de la simplicité*, CATON resta toute sa vie le *type du vieux Romain*, fidèle aux traditions des Fabricius et des Dentatus, et en opposition complète de caractère avec les hommes de son temps, tels que les avait faits le *culte de l'hellénisme*. — A 17 ans, il se fit soldat contre Annibal, et assista au désastre de Trasimène. Après les sièges de Capoue (214) et de Tarente (209), il servit en Sicile comme tribun militaire, puis devint questeur du premier Africain. Dès ce moment se manifesta son antipathie *contre ces patriciens* orgueilleux qu'il devait poursuivre toute sa vie. — Il obtint le triomphe, et le peuple, qui aimait ses principes, le nomma consul (195). Devenu riche, mais *toujours dur et austère*, il ne sut pas user de sa fortune pour son bien-être. Plus tard même, il reprit du service dans les armées, et la guerre contre Antiochus le vit *simple tribun* militaire (191). — Sa censure est surtout célèbre (184). Il essaya, par les mesures les plus rigides, de *maintenir l'ancienne austérité*, et à cette fin dégrada et chassa du sénat des membres des plus illustres familles, établit des taxes énormes sur les meubles précieux, les belles étoffes, etc. Avec ces dispositions, il ne pouvait être favorable à l'*hellénisme*. Il méprisa surtout la *philosophie* et fit chasser ignominieusement de la cité trois philosophes grecs qui y étaient venus en ambassade : le stoïcien *Diogène*, le péripatéticien *Critolaüs* et l'académicien *Carnéade*. — Doué d'un esprit pénétrant (ce qui lui avait fait donner le nom de *Catus*), il avait pourtant une certaine *culture littéraire;* il étudiait même le grec et lisait volontiers Démosthène.

ŒUVRES

Discours (150 env.) — Le *patriotisme sincère* et les *droites intentions* de Caton l'ont souvent fort bien inspiré. Accusé plus de cinquante fois, il accusa plus souvent encore; et toujours il parla avec autorité, comme le *vrai représentant de l'esprit romain*. C'est avec cette assurance qu'il attaqua les patriciens, et prononça surtout le terrible DELENDA CARTHAGO. Caton parlait à la *manière antique*. Dans l'*exorde*, il invoquait les dieux; dans l'*argumentation*, il employait les traits historiques et les maximes jusqu'à en abuser. D'ailleurs nul désir de plaire ni de charmer par le style; il ne voulait que *convaincre* par la raison. Les quelques *fragments* qui nous restent montrent pourtant qu'à la *force* et à l'*énergie* il savait parfois joindre un *art remarquable* et une *malice railleuse*. (V. g. DISCOURS POUR SES COMPTES, et sur le LUXE DES FEMMES.)

Traité de l'art oratoire — Ce petit traité, le premier qui ait été écrit à Rome sur cette matière, était adressé à son fils *Marcus*. C'est là que se trouvait cette définition de l'orateur si vantée : « L'*orateur*, mon fils Marcus, *est l'homme de bien habile à parler.* » Cet ouvrage était sans doute fort incomplet, mais il témoigne au moins de la puissance acquise chaque jour par l'éloquence.

DE CATON AUX GRACQUES

Époque de transition entre l'austérité des vieux Romains et l'éloquence cultivée.

Sulpicius Galba. — Il vivait dans les derniers jours de *Caton;* « il fut le premier, dit Cicéron, qui sut embellir son sujet par des digressions, toucher les cœurs, amplifier, exciter la compassion et traiter *les lieux communs*. »

Scipion Émilien. — Fils de PAUL-ÉMILE, adopté par le fils de Scipion l'Africain, SCIPION EMILIEN s'illustra lui-même par la ruine de Carthage et celle de Numance. Ami des lettres, il honora toujours son maître *Polybe* et favorisa *Térence*. Pendant sa censure, il poursuivit, comme Caton, l'*épuration des mœurs*, et prononça à cette occasion un grand nombre de *courtes harangues*. Sa juste rigueur l'exposa à de *fréquentes accusations*, qu'il repoussa avec éloquence. Peut-être périt-il assassiné.

Lélius. — Intime ami de Scipion, il partagea ses luttes. Son éloquence, d'après Cicéron, avait *plus de douceur et d'onction;* celle de Scipion, *plus de force et de dignité*.

LES GRACQUES

Leur éloquence soulevait les passions les plus violentes.

BIOGRAPHIE — Elevés tous les deux avec le plus grand soin par leur mère *Cornélie*, fille du premier Africain, ils consacrèrent leur talent et leur vie à la même œuvre. Le vrai peuple romain, décimé par les longues guerres, ruiné par les exactions des grands, avait été remplacé par une foule avilie de prisonniers et d'esclaves affranchis : ils voulurent *régénérer cette tourbe en lui distribuant les terres de l'Etat*, accaparées par les patriciens.

Tibérius (163-133). — L'aîné fit accepter deux fois la *loi agraire;* mais il périt dans une émeute excitée par l'exécution de cette mesure. Son éloquence était *calme et réservée;* sa langue, *correcte et élégante*.

Caïus (154-121). — Plus jeune de neuf ans, CAÏUS reprit les desseins de son frère, lorsqu'il eut été élevé au tribunat. Son éloquence était *si véhémente et si passionnée*, qu'un joueur de flûte placé derrière lui devait soutenir et modérer l'éclat de sa voix. Aussi ses *brûlantes harangues* firent-elles sur l'esprit des Romains une impression qui ne s'effaça jamais. Poursuivi à son tour par les patriciens, il se fit donner la mort par un esclave (121).

ANTOINE ET CRASSUS

Grâce aux leçons des rhéteurs grecs, l'art fait de grands progrès dans la disposition des preuves et des parties.

Marc-Antoine (143-87). — D'après Cicéron, MARC-ANTOINE, aïeul du Triumvir, était un véritable orateur, instruit sans vouloir le paraître. Doué d'une *vaste mémoire*, il savait toujours trouver à propos un *mouvement pathétique*, un *geste éloquent*. Pour qu'on ne pût le mettre en contradiction avec lui-même, il *ne voulait rien écrire*. Il périt à 56 ans, égorgé par l'ordre de Marius, et sa tête fut pendue aux Rostres, comme plus tard celle de Cicéron (87).

Licinius Crassus (140-91). — *Né en 140*, il remplit toutes les *grandes charges*, sans s'attacher exclusivement à *aucun parti*. Au témoignage de Cicéron, son éloquence était à la fois *grave et enjouée, simple, vive et railleuse;* son action oratoire, plus modérée que celle d'Antoine, bien que souvent véhémente et indignée. Il avait une connaissance parfaite du droit naturel et du droit civil.

Philippe. — Ce consul, contre lequel eut à lutter *Crassus*, joignait à une extrême franchise dans la parole beaucoup de sel dans les bons mots; il développait facilement ses idées et avait une connaissance assez approfondie des sciences de la Grèce.

HISTOIRE

AVANT CATON

Forme sèche et aride des ANNALES; langue grecque.

- **Fabius Pictor.**
  - Proquesteur en 218, FABIUS PICTOR fut un des hommes importants de son époque.
  - Ses ANNALES, très estimées des anciens, contenaient des détails très intéressants sur *les mœurs antiques;* elles étaient originairement écrites en grec.
  - Il est le plus ancien historien auquel ait remonté Tite-Live.
- **L. Cincius Alimentus.** — Comme *Fabius*, il remontait aux origines de Rome, mais ne s'étendait avec détails que sur les événements contemporains.
- **Scribonius Libon**, et beaucoup d'autres, ont écrit des ANNALES à la même époque; mais il ne nous en est rien parvenu.

CATON

Plan régulier.

Grand par sa vie politique, ses mœurs et ses discours, Caton l'Ancien occupe encore le premier rang parmi les historiens primitifs de Rome; c'est le premier prosateur romain.

- **ORIGINES** (*Ce titre vient sans doute de la matière des trois premiers livres.*)
  - Sous ce titre, il écrivit pour son fils *Marcus* sept livres d'histoire aujourd'hui perdus. Le Ier livre contenait l'histoire des rois; le IIe et le IIIe, les traditions sur la fondation des villes italiques; le IVe racontait la première guerre punique; le Ve, la seconde; le VIe et le VIIe, les expéditions postérieures de Rome et le reste de son histoire jusqu'à l'accusation intentée par Caton au préteur de Lusitanie, Servius Galba. (Cf. Corn. Népos, Tite-Live).
  - CATON n'*enregistrait* plus les faits année par année, comme les pontifes et les auteurs d'ANNALES.
  - En outre, il mêlait à l'exposé des faits des observations personnelles sur la nature des pays, les mœurs des habitants, les constitutions politiques; des jugements sur les hommes et les événements. En un mot, son *histoire* avait un *plan* et *une unité*. C'était de plus une œuvre exacte et consciencieuse, pleine d'érudition, fort estimée des Romains.

APRÈS CATON

Deux écoles :

- **Genre simple.**
  - Un certain nombre d'écrivains, au dire de Cicéron (DE LEGIBUS I, 2, et DE ORATORE, II, 12), continuèrent à écrire sans aucune prétention littéraire, et suivant l'ancienne forme des ANNALES, l'histoire sèche et nue d'une période plus ou moins étendue.
  - **L. Calpurnius Pison Frugi.** — Tribun en 189, il écrivit en latin sept livres d'ANNALES, qui allaient des commencements de Rome à l'époque de l'auteur. Il a une certaine tendance à moraliser, mais ne sait ce que c'est que construire une phrase.
  - **Caïus Fannius**, gendre de Lélius, composa des ANNALES assez estimées.
- **Genre oratoire.** (On cherche à orner le récit et à faire de l'histoire une œuvre de style et d'éloquence (*opus oratorium*).)
  - **Cœlius Antipater** (v. 140). — D'après Cicéron, CŒLIUS a *élevé le ton de l'histoire*. Il aimait d'ailleurs à rehausser l'exposé des faits par des *tirades brillantes*, et avait un faible pour les *apparitions et les songes*.
  - **P. Sempronius Asellion.** — Dans le récit d'événements contemporains (GUERRES PUNIQUES, GUERRE DE NUMANCE), ASELLION avait su, paraît-il, faire preuve d'une grande élévation d'idées et de vues dans le genre de Polybe.
  - **Q. Ælius Tubéron.** — C'est dans le même esprit que TUBÉRON composa son HISTOIRE ROMAINE.
  - **Q. Claudius Quadrigarius.** — Les ANNALES de Q. CLAUDIUS, dont il nous reste des fragments, contiennent de précieux détails sur des points fort importants de l'histoire romaine : GUERRE DE PYRRHUS, BATAILLE DE CANNES, etc. Aulu-Gelle le déclare d'ailleurs *très bon et très pur écrivain.*

N. B. On cite encore **L. Cornélius Sisenna, Valérius Antias, Licinius Macer**, contemporains de Cicéron, qui, malgré de sensibles progrès, appartiennent à cette période par le *goût* et la *langue*. Le *premier* composa une HISTOIRE qui embrassait les temps de la guerre marse et de la guerre civile jusqu'à la dictature de Sylla, et groupait les événements par familles. Le *second* écrivit en soixante-quinze livres une HISTOIRE qui commençait aux origines de Rome et descendait jusqu'au temps de Sylla : pour l'étendue de son œuvre et l'ampleur de sa narration, il ressemblerait à Tite-Live, qui s'en est inspiré. Le *troisième* a eu le mérite de connaître les documents originaux, comme les fameux *livres de lin*, et il est souvent cité par *Tite-Live* et *Denys d'Halicarnasse.*

AUTEURS de MÉMOIRES (COMMENTARII)

Longtemps les MÉMOIRES furent confondus à Rome avec l'*histoire* proprement dite. C'est que les historiens, magistrats et patriciens, écrivaient les faits dont ils avaient été les témoins, et que les auteurs de MÉMOIRES, parlant *à la 3e personne,* mêlaient fort peu d'appréciations personnelles aux événements qu'ils racontaient.

- **M. Æmilius Scaurus** (162-89). — Parvenu d'une humble condition aux plus hautes magistratures, ÆMILIUS SCAURUS, dont la conduite était fort incriminée, écrivit, sans doute pour se justifier, des MÉMOIRES (COMMENTARII) sur les événements contemporains (depuis la prise de Corinthe (146) jusqu'à Sylla).
- **P. Rutilius Rufus** (v. 100). — RUTILIUS RUFUS, accusé de concussion, malgré son intégrité, se retira à Smyrne, où il composa ses MÉMOIRES, célèbres encore au temps de Tacite.
- **Q. Lutatius Catulus.** — Consul avec *Marius,* lors de la *guerre des Cimbres,* il raconta cette expédition, où son collègue ne joua pas le beau rôle qu'il aimait à s'attribuer.
- **L. Cornélius Sylla** (138-78). — Le fameux SYLLA, dont la dictature (84) termine cette époque, écrivit après son abdication des MÉMOIRES *en langue grecque.* Plutarque s'en est beaucoup servi pour composer la vie du terrible dictateur.

AUTRES GENRES

JURISPRUDENCE — Les jurisconsultes les plus éminents de cette période furent, après SEXTUS ÆLIUS et le vieux CATON, les trois SCÆVOLA, M. JUNIUS BRUTUS, MANIUS MANILIUS et SULPICIUS RUFUS. Ce dernier se place au-dessus des autres par la sagacité pénétrante de son jugement et par l'introduction de l'*esprit philosophique* dans la science du droit.

OUVRAGES DIDACTIQUES

- **Caton.**
  - DE RE RUSTICA — C'est l'œuvre de Caton *agriculteur* et comme un *Manuel,* dont le but est d'enseigner à conserver et augmenter son bien. La culture de l'olivier, du blé, de la vigne; la surveillance à exercer sur son fermier et sur ses esclaves, les punitions à leur infliger : voilà le sujet. Pour les développements, *nulle poésie*, nul *ornement*, nul *sentiment;* mais des observations pleines de dureté, un mélange de pratiques superstitieuses absurdes et de recettes médicales grossières. Ce traité, *si peu littéraire*, a fort peu d'analogie avec les ÉCONOMIQUES de Xénophon; il n'en a pas du tout avec les TRAVAUX d'Hésiode.
  - CARMEN DE MORIBUS — Ce n'était pas un traité en *vers;* mais une collection de sentences fortement pensées.

III. ÉPOQUE DE CICÉRON ET DE CÉSAR

(De la dictature de Sylla, 84, à la bataille d'Actium, 31.)

Jamais il n'y eut époque plus troublée ni plus féconde en événements politiques. Après Sylla, Catilina, César et Pompée, Antoine et Octave, la remplissent *de leurs efforts et de leurs luttes* pour s'emparer du souverain pouvoir. *Le premier,* s'appuyant sur la jeunesse corrompue et s'en formant une armée, *tente une révolution,* qui échoue grâce à la vigilance et au talent de *Cicéron,* appuyé du parti des *honnêtes gens* (63). *Le second,* neveu de Marius, rendu populaire par ses prodigalités, ses exploits et ses brillantes qualités, *renouvelle cette tentative* avec des ressources plus sûres : *la force des légions* et *le prestige de la gloire des armes.* Consul en 59, puis envoyé en Gaule, il remplit pendant huit ans l'Italie de ses trophées et du bruit de ses conquêtes; et telles sont les craintes inspirées au sénat par son ambition, qu'il reçoit l'ordre de quitter son commandement. Pour toute réponse il franchit le Rubicon, soumet l'Italie et l'Espagne, rejoint Pompée en Épire, le bat à *Pharsale* (48), et pousse jusqu'en Égypte, où les perfides ministres de Ptolémée lui offrent la tête sanglante de son rival. Une guerre avec l'Égypte, une seconde contre Pharnace, roi de Pont, deux autres en Espagne et en Afrique, le rendent *maître du monde. Élu dictateur à vie* (55), et, à ce titre comme aux titres non moins républicains de *consul, imperator, tribun, préfet des mœurs, grand pontife,* investi de tous les pouvoirs *administratifs et religieux,* il se prépare à changer la face entière de la république romaine, quand il tombe, à la curie, frappé de vingt-trois coups de poignard (44).

Antoine cherche à recueillir sa succession et se la voit disputer par le jeune *Octave.* Vaincu, il s'unit *avec son rival et Lépide* dans le deuxième triumvirat, que cimentent de *nouvelles proscriptions.* Puis, vainqueurs *à Philippes* de Brutus et de Cassius, Antoine et Octave abandonnent Lépide et se partagent le monde. *Le premier va s'amollir* et se corrompre en Orient auprès de Cléopâtre; *le second, plus habile,* dompte les peuplades rebelles des bords de l'Adriatique, et *pacifie l'Italie.* Aussi, quand Actium les met tous deux aux prises, la victoire n'est-elle pas douteuse; l'ancien lieutenant de César s'enfuit honteusement à la suite de Cléopâtre et laisse l'univers à la disposition d'Octave (31). L'empire doit se fonder.

Au milieu de ces luttes journalières, qui absorbent et dépensent les forces vitales de l'homme, il semble au premier aspect que les lettres doivent être abandonnées ou du moins tomber en décadence. Loin de là, elles se développent d'un progrès continu, et ce progrès est dû à quatre causes.

La première est l'*état même de la société romaine.* A la suite de rivalités séculaires, les classes se sont mélangées, et les dignités ont cessé d'être la part exclusive de la noblesse; la plèbe peut y prétendre, quand elle est soutenue par le mérite; le talent transforme un homme du peuple en personnage éminent. Mais cette transformation ne s'opère qu'à force d'*études*, de *science*, d'*éloquence;* car la chose est difficile, en vertu même du nombre toujours croissant des concurrents. De là des efforts, une émulation favorable au progrès littéraire.

La seconde cause est l'*influence des Grecs*, qui, sensible déjà dans la période précédente, s'accentue chaque jour davantage dans les usages et dans les mœurs. Les Grecs sont maîtres de Rome; ils l'ont envahie tout entière. Ils sont dans les *maisons particulières*, où ils professent la *gymnastique*, la *philosophie*, la *grammaire*, la *rhétorique*. Ils ouvrent et tiennent des *écoles publiques*. Les uns (*grammairiens*) y font un cours complet d'études littéraires, expliquant les auteurs *grecs* ou *latins*, exerçant à la composition sur des sujets de morale ou d'histoire. Les autres (*rhéteurs*) enseignent les règles de l'éloquence, en négligeant les théories compliquées ou subtiles pour s'adonner à la pratique.

Ces maîtres introduisent naturellement à Rome les ouvrages de leur patrie. Le goût des livres naît et se répand promptement : on prélève sur le butin, on recherche, on achète, on rassemble en *bibliothèques* les monuments laissés par les génies anciens. *Paul-Émile* s'était réservé la collection des livres grecs du roi Persée; après la prise d'Athènes, *Sylla* s'était approprié la bibliothèque d'Apellicon; aujourd'hui, *Varron*, *Cicéron*, *Lucullus*, en possèdent de très riches, qu'ils ouvrent au public; et ils ont beaucoup d'imitateurs. Il se forme, en outre, des *cercles littéraires;* on se réunit pour se communiquer une élégie; on s'adresse des compliments en vers; on compose des vers sur une pièce qui a réussi. Rome a donc l'équivalent de notre hôtel de Rambouillet au XVIIe siècle. *Bibliothèques* et *cercles littéraires*, voilà une *troisième* et féconde *cause de progrès littéraire*.

La quatrième réside dans le *goût des voyages*. Il ne suffit plus aux Romains de vivre dans la compagnie des Grecs, vivants ou morts; ils sentent le besoin de visiter ces pays illustrés par tant de beaux génies, par tant de merveilles de toutes sortes; leur éducation n'est parfaite qu'autant qu'ils ont achevé leur philosophie à Athènes, leur rhétorique à Rhodes, à Mitylène, en Asie Mineure. Ce voyage, sans doute, est pour la plupart une occasion de plaisirs plutôt que d'étude, mais il n'ouvre pas moins leur esprit à des idées nouvelles sur la littérature et les arts, qu'ils n'auraient point eues s'ils étaient restés dans leur patrie.

Sous cette quadruple influence Rome se transforme, et les lettres y prennent, comme en Grèce, la place d'honneur. La *poésie* est cultivée et produit des chefs-d'œuvre. *Pomponius* et *Novius* se distinguent dans les *Atellanes; Labérius* et *Syrus* dans le *Mime; Lucrèce* dans le *genre didactique; Catulle* et ses amis dans l'*épigramme*, l'*élégie*, le *genre héroïque*. *Lucrèce* et *Catulle* fixent surtout les regards. Le premier, dégoûté de la vie, cherche dans la *doctrine épicurienne* le repos le plus absolu. Le second se livre aux plaisirs et aux folles amours dans la société de Catilina et de la jeunesse débauchée, puis s'occupe à *des œuvres un peu plus sérieuses* durant les deux années qu'il passe dans une retraite studieuse et dans le commerce de femmes distinguées et instruites; car les femmes reçoivent dès lors à Rome une éducation soignée dans les deux langues. (V. *Catilina*, chap. XXVI.)

A tout prendre cependant, la *poésie* n'en reste pas moins pour les Romains une distraction frivole, un amusement d'esprits oisifs, un pur badinage; ils lui préfèrent les genres littéraires qui s'adressent à la raison, plutôt qu'à l'imagination, et qui procurent à ceux qui les cultivent des avantages immédiats : les genres *en prose*. D'ailleurs les circonstances sont plus que jamais favorables à leur développement. Les événements qui troublent Rome avant et après César, les injustices, les exils, les meurtres qui en sont la suite, ouvrent un *vaste champ à l'éloquence :* aussi voit-on paraître toute *une pléiade d'orateurs*, dont les plus illustres sont *Hortensius, César et Cicéron.*

L'*histoire* ne trouve pas à traiter une moins riche matière; et comme les esprits, au contact de la Grèce, sont arrivés à un juste degré de culture, ils produisent *des œuvres durables :* histoires, commentaires, monographies. D'autre part, au milieu de leur agitation et de leurs malheurs, *les âmes éprouvent le besoin de se consoler*, de s'épancher; de là *ces correspondances* nombreuses et célèbres qui jettent un si grand jour sur les événements contemporains; de là aussi l'étude *de la philosophie* et de ses systèmes les plus consolants.

Langue. Les *terminaisons* flottantes des déclinaisons se fixent et se simplifient; l'*orthographe* se modifie. *Catulle* et ses contemporains adoucissent les aspérités du vieux langage, et lui acquièrent la souplesse et la grâce, qui lui manquaient encore chez *Lucrèce*. *Cicéron et les historiens* lui donnent cette *ampleur* et cette *majesté* qui font son caractère, et par *l'heureux mélange des longues et des brèves*, par *des cadences artistement ménagées*, par *l'habile emploi des conjonctions* pour marquer les rapports des phrases et des membres de phrases, *du subjonctif* pour exprimer les nuances les plus délicates de la pensée, le portent au plus haut degré de perfection qu'il ait jamais atteint. Le *latin* nous apparaît dès lors avec ses qualités et ses défauts. Inférieur au *grec* pour la facilité, la grâce naïve, la richesse d'expressions, la liberté des tours, il l'emporte sur lui par ses *périodes* aux membres savamment coordonnés, gradués, aux chutes harmonieuses, car il aime à se présenter par masses sonores et bien rythmées. Il excelle d'ailleurs par la *précision* de ses mots, la simplicité de ses flexions, la régularité de sa syntaxe.

Métrique. Les poètes tragiques et comiques avaient transplanté de la Grèce à Rome le *trimètre* et le *tétramètre ïambiques*, le *tétramètre trochaïque*; Ennius, l'*hexamètre*, le *pentamètre*, le *sotadique*. A partir de Sylla, on se jette sur les formes les plus variées de la lyrique grecque; on imite les *Eoliens*, les *Ioniens*, d'abord avec bien de l'incertitude et de l'inexpérience, puis avec plus de sûreté, grâce surtout au talent de *Catulle*. Ainsi apparaissent, régulièrement constitués, le *phalécien*, le *saphique*, le *glyconique*, le *phérécratien*, le *priapéen*, le *grand asclépiade*, le *galliambique*, etc. L'art était absent de la versification; on l'y introduit en luttant contre les grâces infinies et la perfection de forme des modèles grecs; les œuvres poétiques se distinguent dès lors par un sentiment juste et délicat de l'*harmonie* et du *rythme*.

POÉSIE DIDACTIQUE, HÉROÏQUE, LÉGÈRE

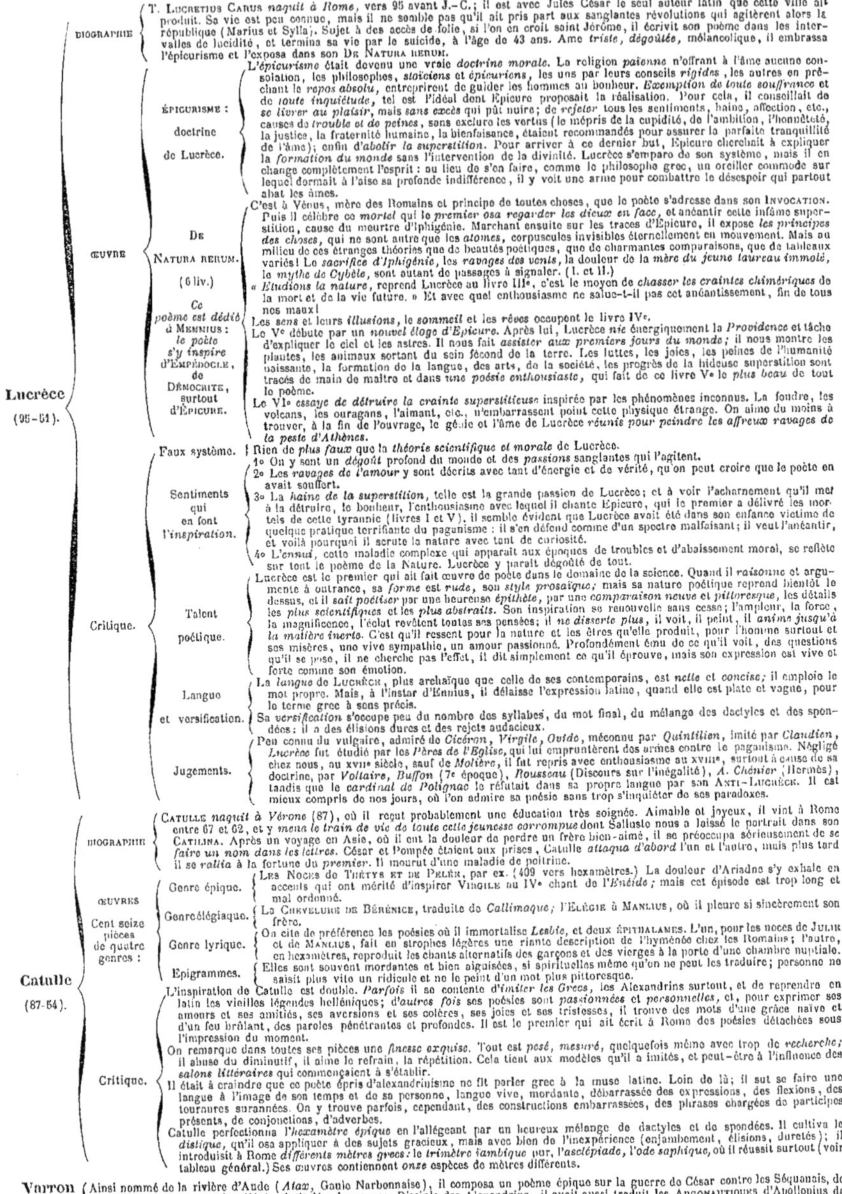

Lucrèce (95-51).

BIOGRAPHIE. T. LUCRETIUS CARUS *naquit à Rome*, vers 95 avant J.-C.; il est avec Jules César le seul auteur latin que cette ville ait produit. Sa vie est peu connue, mais il ne semble pas qu'il ait pris part aux sanglantes révolutions qui agitèrent alors la république (Marius et Sylla). Sujet à des accès de folie, si l'on en croit saint Jérôme, il écrivit son poème dans les intervalles de lucidité, et termina sa vie par le suicide, à l'âge de 43 ans. Ame *triste, dégoûtée*, mélancolique, il embrassa l'épicurisme et l'exposa dans son DE NATURA RERUM.

ŒUVRE.

- **ÉPICURISME : doctrine de Lucrèce.** L'*épicurisme* était devenu une vraie *doctrine morale*. La religion *païenne* n'offrant à l'âme aucune consolation, les philosophes, *stoïciens* et *épicuriens*, les uns par leurs conseils *rigides*, les autres en prêchant le *repos absolu*, entreprirent de guider les hommes au bonheur. *Exemption de toute souffrance* et de *toute inquiétude*, tel est l'idéal dont Épicure proposait la réalisation. Pour cela, il conseillait de *se livrer au plaisir*, mais *sans excès* qui pût nuire; de *rejeter* tous les sentiments, haine, affection, etc., causes de *trouble et de peines*, sans exclure les vertus (le mépris de la cupidité, de l'ambition, l'honnêteté, la justice, la fraternité humaine, la bienfaisance, étaient recommandés pour assurer la parfaite tranquillité de l'âme); enfin d'*abolir la superstition*. Pour arriver à ce dernier but, Épicure cherchait à expliquer la *formation du monde* sans l'intervention de la divinité. Lucrèce s'empare de son système, mais il en change complètement l'esprit : au lieu de s'en faire, comme le philosophe grec, un oreiller commode sur lequel dormait à l'aise sa profonde indifférence, il y voit une arme pour combattre le désespoir qui partout abat les âmes.
- **DE NATURA RERUM. (6 liv.)** *Ce poème est dédié à* MEMMIUS : *le poète s'y inspire* d'EMPÉDOCLE, de DÉMOCRITE, surtout d'ÉPICURE.
  - C'est à Vénus, mère des Romains et principe de toutes choses, que le poète s'adresse dans son INVOCATION. Puis il célèbre ce *mortel* qui le *premier osa regarder les dieux en face*, et anéantir cette infâme superstition, cause du meurtre d'Iphigénie. Marchant ensuite sur les traces d'Épicure, il expose *les principes des choses*, qui ne sont autre que les *atomes*, corpuscules invisibles éternellement en mouvement. Mais au milieu de ces étranges théories que de beautés poétiques, que de charmantes comparaisons, que de tableaux variés! Le *sacrifice d'Iphigénie*, les *ravages des vents*, la douleur de la *mère du jeune taureau immolé*, le *mythe de Cybèle*, sont autant de passages à signaler. (I. et II.)
  - « *Étudions la nature*, reprend Lucrèce au livre IIIe, c'est le moyen de *chasser les craintes chimériques* de la mort et de la vie future. » Et avec quel enthousiasme ne salue-t-il pas cet anéantissement, fin de tous nos maux!
  - Les *sens* et leurs *illusions*, le *sommeil* et les *rêves* occupent le livre IVe.
  - Le Ve débute par un *nouvel éloge d'Épicure*. Après lui, Lucrèce *nie* énergiquement la *Providence* et tâche d'expliquer le ciel et les astres. Il nous fait *assister aux premiers jours du monde;* il nous montre les plantes, les animaux sortant du sein fécond de la terre. Les luttes, les joies, les peines de l'humanité naissante, la formation de la langue, des arts, de la société, les progrès de la hideuse superstition sont tracés de main de maître et dans *une poésie enthousiaste*, qui fait de ce livre V^{e} le *plus beau* de tout le poème.
  - Le VIe *essaye de détruire la crainte superstitieuse* inspirée par les phénomènes inconnus. La foudre, les volcans, les ouragans, l'aimant, etc., n'embarrassent point cette physique étrange. On aime du moins à trouver, à la fin de l'ouvrage, le génie et l'âme de Lucrèce *réunis pour peindre les affreux ravages de la peste d'Athènes*.

Critique.

- **Faux système.** Rien de *plus faux* que la *théorie scientifique et morale* de Lucrèce.
- **Sentiments qui en font l'*inspiration*.**
  - 1° On y sent un *dégoût* profond du monde et des *passions* sanglantes qui l'agitent.
  - 2° Les *ravages de l'amour* y sont décrits avec tant d'énergie et de vérité, qu'on peut croire que le poète en avait souffert.
  - 3° La *haine de la superstition*, telle est la grande passion de Lucrèce; et à voir l'acharnement qu'il met à la détruire, le bonheur, l'enthousiasme avec lequel il chante Épicure, qui le premier a délivré les mortels de cette tyrannie (livres I et V), il semble évident que Lucrèce avait été dans son enfance victime de quelque pratique terrifiante du paganisme : il s'en défend comme d'un spectre malfaisant; il veut l'anéantir, et voilà pourquoi il scrute la nature avec tant de curiosité.
  - 4° L'*ennui*, cette maladie complexe qui apparait aux époques de troubles et d'abaissement moral, se reflète sur tout le poème de la Nature. Lucrèce y paraît dégoûté de tout.
- **Talent poétique.** Lucrèce est le premier qui ait fait œuvre de poète dans le domaine de la science. Quand il *raisonne* et argumente à outrance, sa *forme* est *rude*, son *style prosaïque;* mais sa nature poétique reprend bientôt le dessus, et il *sait poétiser* par une heureuse *épithète*, par une *comparaison neuve* et *pittoresque*, les détails les *plus scientifiques* et les *plus abstraits*. Son inspiration se renouvelle sans cesse; l'ampleur, la force, la magnificence, l'éclat revêtent toutes ses pensées; il *ne disserte plus*, il voit, il peint, il *anime jusqu'à la matière inerte*. C'est qu'il ressent pour la nature et les êtres qu'elle produit, pour l'homme surtout et ses misères, une vive sympathie, un amour passionné. Profondément ému de ce qu'il voit, des questions qu'il se pose, il ne cherche pas l'effet, il dit simplement ce qu'il éprouve, mais son expression est vive et forte comme son émotion.
- **Langue et versification.**
  - La *langue* de LUCRÈCE, plus archaïque que celle de ses contemporains, est *nette* et *concise;* il emploie le mot propre. Mais, à l'instar d'Ennius, il délaisse l'expression latine, quand elle est plate et vague, pour le terme grec à sens précis.
  - Sa *versification* s'occupe peu du nombre des syllabes, du mot final, du mélange des dactyles et des spondées : il a des élisions dures et des rejets audacieux.
- **Jugements.** Peu connu du vulgaire, admiré de *Cicéron*, *Virgile*, *Ovide*, méconnu par *Quintilien*, imité par *Claudien*, *Lucrèce* fut étudié par les *Pères de l'Église*, qui lui empruntèrent des armes contre le paganisme. Négligé chez nous, au XVIIe siècle, sauf de *Molière*, il fut repris avec enthousiasme au XVIIIe, surtout à cause de sa doctrine, par *Voltaire*, *Buffon* (7e époque), *Rousseau* (Discours sur l'inégalité), *A. Chénier* (Hermès), tandis que le *cardinal de Polignac* le réfutait dans sa propre langue par son ANTI-LUCRÈCE. Il est mieux compris de nos jours, où l'on admire sa poésie sans trop s'inquiéter de ses paradoxes.

Catulle (87-54).

BIOGRAPHIE. CATULLE *naquit à Vérone* (87), où il reçut probablement une éducation très soignée. Aimable et joyeux, il vint à Rome entre 67 et 62, et y *mena le train de vie de toute cette jeunesse corrompue* dont Salluste nous a laissé le portrait dans son CATILINA. Après un voyage en Asie, où il eut la douleur de perdre un frère bien-aimé, il se préoccupa sérieusement de se *faire un nom dans les lettres*. César et Pompée étaient aux prises, Catulle *attaqua d'abord* l'un et l'autre, mais plus tard il se *rallia* à la fortune du *premier*. Il mourut d'une maladie de poitrine.

ŒUVRES. Cent seize pièces de quatre genres :

- **Genre épique.** LES NOCES DE THÉTYS ET DE PELÉE, par ex. (409 vers hexamètres.) La douleur d'Ariadne s'y exhale en accents qui ont mérité d'inspirer VIRGILE au IVe chant de l'*Énéide;* mais cet épisode est trop long et mal ordonné.
- **Genre élégiaque.** La CHEVELURE DE BÉRÉNICE, traduite de *Callimaque;* l'ÉLÉGIE à MANLIUS, où il pleure si sincèrement son frère.
- **Genre lyrique.** On cite de préférence les poésies où il immortalise *Lesbie*, et deux ÉPITHALAMES. L'un, pour les noces de JULIE et de MANLIUS, fait en strophes légères une riante description de l'hyménée chez les Romains; l'autre, en hexamètres, reproduit les chants alternatifs des garçons et des vierges à la porte d'une chambre nuptiale.
- **Epigrammes.** Elles sont souvent mordantes et bien aiguisées, si spirituelles même qu'on ne peut les traduire; personne ne saisit plus vite un ridicule et ne le peint d'un mot plus pittoresque.

Critique.

- L'inspiration de Catulle est double. *Parfois* il se contente d'*imiter les Grecs*, les Alexandrins surtout, et de reprendre en latin les vieilles légendes helléniques; d'*autres fois* ses poésies sont *passionnées* et *personnelles*, et, pour exprimer ses amours et ses amitiés, ses aversions et ses colères, ses joies et ses tristesses, il trouve des mots d'une grâce naïve et d'un feu brûlant, des paroles pénétrantes et profondes. Il est le premier qui ait écrit à Rome des poésies détachées sous l'impression du moment.
- On remarque dans toutes ses pièces une *finesse exquise*. Tout est *pesé*, *mesuré*, quelquefois même avec trop de *recherche;* il abuse du diminutif, il aime le refrain, la répétition. Cela tient aux modèles qu'il a imités, et peut-être à l'influence des *salons littéraires* qui commençaient à s'établir.
- Il était à craindre que ce poète épris d'alexandrinisme ne fît parler grec à la muse latine. Loin de là; il sut se faire une langue à l'image de son temps et de sa personne, langue vive, mordante, débarrassée des expressions, des flexions, des tournures surannées. On y trouve parfois, cependant, des constructions embarrassées, des phrases chargées de participes présents, de conjonctions, d'adverbes.
- Catulle perfectionna l'*hexamètre épique* en l'allégeant par un heureux mélange de dactyles et de spondées. Il cultiva le *distique*, qu'il osa appliquer à des sujets gracieux, mais avec bien de l'inexpérience (enjambement, élisions, duretés); il introduisit à Rome *différents mètres grecs :* le *trimètre iambique pur*, l'*asclépiade*, l'*ode saphique*, où il réussit surtout (voir tableau général.) Ses œuvres contiennent *onze* espèces de mètres différents.

Varron d'Atax (81-37).

Ainsi nommé de la rivière d'Aude (*Atax*, Gaule Narbonnaise), il composa un poème épique sur la guerre de César contre les Séquanais, de BELLO SEQUANICO, et des élégies intitulées LEUCADIA. Disciple des Alexandrins, il avait aussi traduit les ARGONAUTIQUES d'Apollonius de Rhodes.

N. B. On cite encore **M. Furius Bibaculus**, de Crémone, que *Quintilien* plaçait à côté d'*Horace* et de *Catulle* pour sa raillerie acerbe (Iambe); **Licinius Calvus**, l'ami et le rival de *Catulle*, qu'il émerveillait par la facilité et la grâce de son talent; **C. Helvius Cinna**, l'auteur d'une SMYRNA; **Hostius**, le chantre de la GUERRE D'ISTRIE; **César, Cicéron** (voir plus loin).

POÉSIE DRAMATIQUE

ATELLANES

- **L. Pomponius** (né vers 90).
  - L. Pomponius fit de l'Atellane un genre littéraire, en substituant à l'improvisation un texte écrit avec soin dans la langue et les mètres alors en usage parmi les comiques. Il la transforma, en ajoutant aux types anciens des personnages empruntés aux petits métiers, aux professions infimes, comme les *aruspices*, les *pêcheurs*, les *médecins*, etc., en transportant à son gré la scène de la campagne à la ville.
  - On a de lui soixante-cinq titres et un certain nombre de fragments qui montrent la variété et le caractère de ses œuvres. Les unes, comme Les Campaniens, les Gaulois transalpins, étaient sans doute des peintures de mœurs; d'autres, comme le Candidat, le Gardien du Temple, l'Augure, etc., des peintures de caractère; quelques-unes rappellent le village avec ses hôtes, par exemple, la Chèvre, la Vache; plusieurs sentent la parodie : v. g. Agamemnon supposé, Ariadne. Il en est même une, la Philosophie, qui semble s'égayer aux dépens des nouveaux adeptes de cette science.
- **Novius.** Il reste de Novius les titres et les fragments de quarante pièces, qui présentent les mêmes caractères que ceux de Pomponius, avant lequel on le place quelquefois pour la date et le talent.

MIME

Le mime devient *littéraire :* désormais il est *écrit*, ce qui n'empêche pas l'acteur d'improviser, quand il se sent en verve; désormais il *suit un plan*, quoique peu régulier; la fin de la pièce surtout n'est le plus souvent qu'une scène tumultueuse. Mais, en devenant *littéraire*, le mime ne cesse pas d'être *bouffon* et *obscène;* c'est toujours l'imitation de ce qu'il y a de plus trivial dans la vie, et si les dieux y figurent parfois, c'est sous le travestissement le plus burlesque.

- **Cn. Mattius.** Ami de César et de Cicéron, Cnéius Mattius traduisit l'Iliade en vers ïambiques et écrivit des Mimiambes en vers scazons. Il était plein d'adresse à forger des *mots harmonieux* et à leur donner un *tour neuf et expressif.*
- **D. Labérius** (106-44). Chevalier romain, Decimus Junius Labérius se vit obligé par César de monter sur le théâtre et de perdre ainsi son rang. Il avait composé une quarantaine de mimes, d'un style âpre et mordant : *peintures de caractères*, comme le Flatteur, l'Éphèbe, la Courtisane; *petits drames* d'intrigue, comme les Eaux thermales; *tableaux de mœurs*, comme les Sœurs, les Noces; ou *satires de pratiques* superstitieuses, comme l'Évocation des Morts.
- **P. Syrus.** Sous le nom de cet affranchi, il nous reste des Sentences morales, belles maximes recueillies parmi les grossières plaisanteries de ses mimes. Publius Syrus unissait la sagesse pratique d'un philosophe à la crudité licencieuse d'un poète satirique.

TRAGÉDIE Voir **Cicéron, César.**

ÉRUDITION, POLYGRAPHIE

Cicéron, César pourraient également se ranger sous ce titre, à cause de la variété de leurs ouvrages.

Varron (116-26?).

- **Biographie.** Né *dans la Sabine*, Varron embrassa avec une ardeur infatigable toutes les connaissances humaines, et consigna sa science dans *plus de quatre cents volumes.* Il avait d'*abord* pris part à la vie publique, et *combattu contre* César; mis plus tard sur la liste de *proscription d'Antoine*, il échappa à la mort, et vécut jusque sous Auguste, qui le chargea d'organiser à Rome la *première bibliothèque publique.*
- **Œuvres.** *Grammaire, rhétorique, éloquence, philosophie, archéologie, histoire, agriculture, marine, géométrie, politique*, Varron a écrit sur tout.
  - Il nous reste des fragments de :
    - **Logistorici.** Sous ce titre général, Varron avait composé jusqu'à soixante-dix ouvrages différents sur des matières philosophiques. Il y traitait, sous forme de *dialogue*, toutes les questions imaginables : la *fortune*, la *santé*, les *nombres*, la *folie*, le *culte des dieux*, l'*éducation des enfants*, etc. Il imitait *Héraclide d'Héraclée*, mais il remplaçait les héros mythologiques des dialogues du philosophe grec par des personnages empruntés à l'histoire de Rome.
    - **Satires ménippées.** Dans ces *satires mélangées de prose et de vers*, Varron, imitant à la fois *Ménippe* et *Ennius*, raillait les sectes absurdes des philosophes et les mœurs de son temps. Il leur donnait des *titres plaisants*, empruntés à la tragédie, à la comédie ou à des dictons populaires : v. g. Un Ulysse et demi, les Colonnes d'Hercule, Sardines a vendre, la Cuiller a pot du monde, etc.
    - **Antiquités humaines** (25 liv.). Cet ouvrage se divisait en quatre sections, dont chacune avait six livres et traitait successivement des *hommes*, des *lieux*, des *temps*, des *choses*. C'était une œuvre à la fois savante et patriotique, une suite de recherches sur les *voyages d'Énée*, les *anciens rois*, la *géographie*, la *chronologie*, les *institutions* et les *usages* de Rome.
    - **Antiquités divines** (16 liv.). C'est dans ce *traité complet de la religion romaine* qu'au siècle suivant Auguste et ses poètes puisèrent, sans y croire, leurs doctrines et leurs pratiques religieuses. C'est là aussi que les Pères de l'Église prirent leurs armes pour combattre le paganisme; Varron semble, en effet, un croyant sincère et un interprète autorisé. Après un premier livre de réflexions générales, il traitait des *personnes du culte :* pontifes, augures, quindécemvirs (3 livres); des *lieux où le culte se célèbre :* autels privés, temples, lieux sacrés (3 liv.); des *jours de fête :* féries, jeux du cirque, représentations scéniques (3 liv.); des *sacrifices :* consécrations, sacrifices privés, sacrifices publics (3 liv.); des *êtres à qui l'on rend ce culte :* dieux certains, incertains, principaux ou choisis (3 liv.).
    - **De Lingua latina.** Cet ouvrage, qui comprenait vingt-cinq livres, se divisait en trois parties, traitant : la première des *origines de la langue* et des *noms imposés aux choses;* la seconde des *flexions* ou déclinaisons de ces noms; la troisième de la manière de *réunir les mots* dans une phrase pour exprimer les idées.
    - **De Re Rustica.** Le De Re Rustica est écrit en forme de dialogue assez mal conduit, et se divise en trois livres, dont chacun a une entrée en matière différente. Au Ier, Varron se trouve avec quelques amis chez le gardien du temple de Tellus : ils sont assis en face d'une carte de l'Italie, et c'est la fête des semailles. Tout invite donc à parler *agriculture* et *travaux des champs.* Au IIe, Varron est, en Épire, lieutenant de Pompée dans la guerre des Pirates; et comme l'Épire est le pays des grands troupeaux, il s'entretient avec de riches fermiers de l'*élevage des bestiaux.* Au IIIe, Varron se trouve à Rome, un jour d'élection; il se retire dans la *villa* publique au milieu du Champ-de-Mars, et y rencontre plusieurs amis, qui par leurs noms (*Merula, Pavo, Pica, Passer*) semblent former une volière : de là une longue conversation sur la *basse-cour* (charmante description de la volière de l'auteur), la *garenne* et le *vivier.*
- **Critique.** Varron est venu juste à point pour *résumer, réunir, compiler* et *rendre accessible* à tous les innombrables connaissances que Rome embrassait déjà. Il fut un savant, un érudit, plutôt qu'un écrivain : dans son style, *archaïsmes, mots grecs, termes plébéiens*, tout va pêle-mêle; la phrase est peu régulière, on ne dirait point un contemporain de Cicéron.

ÉLOQUENCE

Hortensius (114-50).

- *Né en 114 avant J.-C.*, QUINTUS HORTENSIUS ORTALUS brillait déjà au barreau quand y parut Cicéron. Souvent unis pour plaider la même cause, quelquefois adversaires (Hortensius défendit Verrès), ils restèrent toujours amis.
- Il fut le premier qui introduisit les *divisions* dans le discours, et résuma ses propres arguments et ceux de l'adversaire.
- Aucun discours d'Hortensius ne nous est parvenu. Mais il résulte des témoignages de Cicéron sur son compte qu'il avait surtout l'*extérieur de l'orateur :* voix douce et forte, geste majestueux et étudié, élocution brillante, aidée d'une mémoire prodigieuse. Cette *abondance de pensées délicates, plus agréables et fleuries que nécessaires ou utiles* (Cicéron), qu'on nommait *genre asiatique,* plaisait beaucoup aux jeunes gens. Hortensius la garda toute sa vie, et ce fut la cause de sa décadence.

César (100-44).

- Son éloquence, que loue Cicéron, était *noble, précise, animée* par le débit.
- Ses discours les plus connus sont ceux qu'il prononça pour la LOI PLOTIA, pour LES COMPLICES DE CATILINA.
- On cite encore de lui l'ÉLOGE FUNÈBRE DE CORNÉLIE, sa première femme; celui de sa tante JULIE, où il rattachait sa famille d'une part au roi Ancus et de l'autre à Vénus, tradition consacrée plus tard par Virgile.

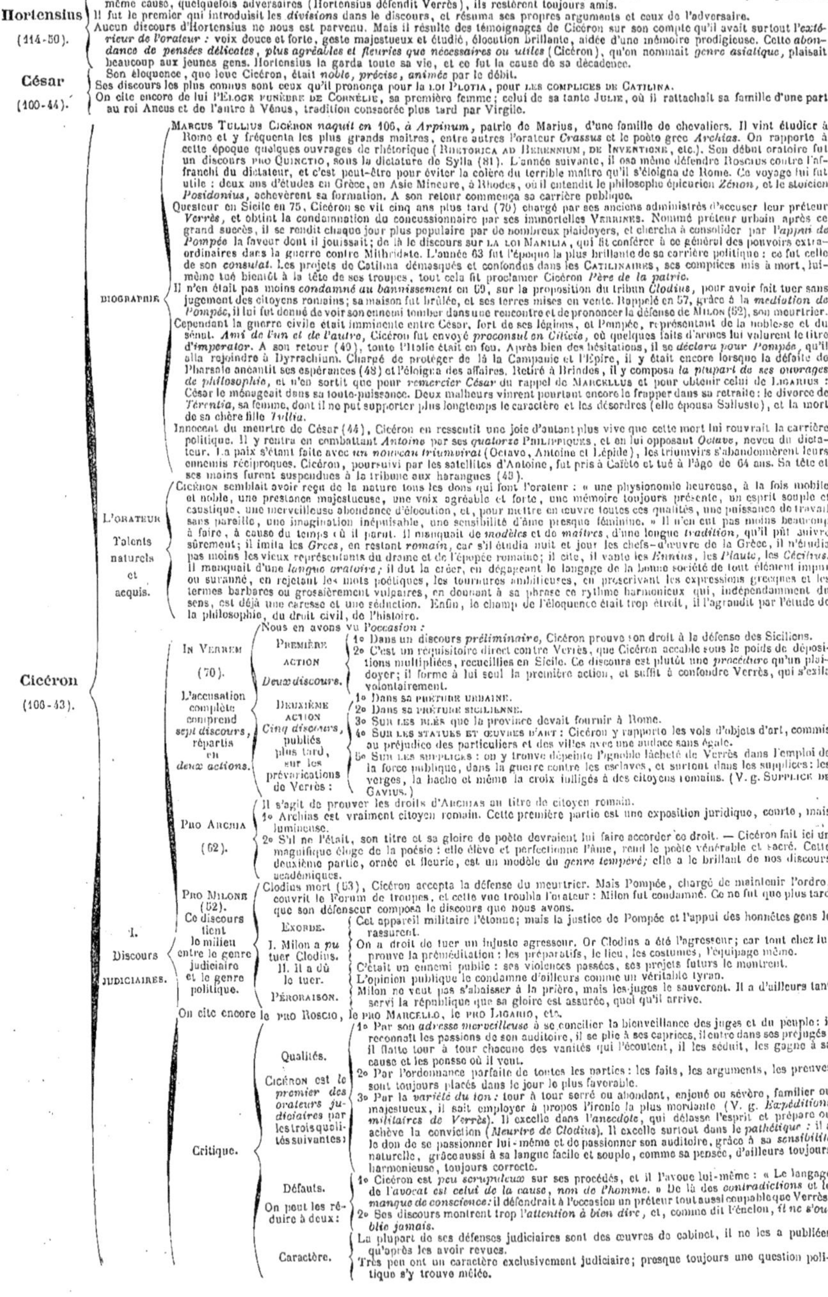

Cicéron (106-43).

BIOGRAPHIE.

- MARCUS TULLIUS CICÉRON *naquit en 106, à Arpinum,* patrie de Marius, d'une famille de chevaliers. Il vint étudier à Rome et y fréquenta les plus grands maîtres, entre autres l'orateur *Crassus* et le poète grec *Archias*. On rapporte à cette époque quelques ouvrages de rhétorique (RHETORICA AD HERENNIUM, DE INVENTIONE, etc.). Son début oratoire fut un discours PRO QUINCTIO, sous la dictature de Sylla (81). L'année suivante, il osa même défendre ROSCIUS contre l'affranchi du dictateur, et c'est peut-être pour éviter la colère du terrible maître qu'il s'éloigna de Rome. Ce voyage lui fut utile : deux ans d'études en Grèce, en Asie Mineure, à Rhodes, où il entendit le philosophe épicurien *Zénon,* et le stoïcien *Posidonius,* achevèrent sa formation. A son retour commença sa carrière publique.
- Questeur en Sicile en 75, Cicéron se vit cinq ans plus tard (70) chargé par ses anciens administrés d'accuser leur préteur *Verrès,* et obtint la condamnation du concessionnaire par ses immortelles VERRINES. Nommé préteur urbain après ce grand succès, il se rendit chaque jour plus populaire par de nombreux plaidoyers, et chercha à consolider par *l'appui de Pompée* la faveur dont il jouissait; de là le discours sur LA LOI MANILIA, qui fit conférer à ce général des pouvoirs extraordinaires dans la guerre contre Mithridate. L'année 63 fut l'époque la plus brillante de sa carrière politique : ce fut celle de son *consulat.* Les projets de Catilina démasqués et confondus dans les CATILINAIRES, ses complices mis à mort, lui-même tué bientôt à la tête de ses troupes, tout cela fit proclamer Cicéron *Père de la patrie.*
- Il n'en était pas moins *condamné au bannissement* en 59, sur la proposition du tribun *Clodius,* pour avoir fait tuer sans jugement des citoyens romains; sa maison fut brûlée, et ses terres mises en vente. Rappelé en 57, grâce à la *médiation de Pompée,* il lui fut donné de voir son ennemi tomber dans une rencontre et de prononcer la défense de MILON (52), son meurtrier.
- Cependant la guerre civile était imminente entre César, fort de ses légions, et Pompée, représentant de la noblesse et du sénat. *Ami de l'un et de l'autre,* Cicéron fut envoyé *proconsul en Cilicie,* où quelques faits d'armes lui valurent le titre d'*imperator*. A son retour (49), toute l'Italie était en feu. Après bien des hésitations, il se *déclara pour Pompée,* qu'il alla rejoindre à Dyrrachium. Chargé de protéger de là la Campanie et l'Épire, il y était encore lorsque la défaite de Pharsale anéantit ses espérances (48) et l'éloigna des affaires. Retiré à Brindes, il y composa *la plupart de ses ouvrages de philosophie,* et n'en sortit que pour *remercier César* du rappel de MARCELLUS et pour obtenir celui de LIGARIUS : César le ménageait dans sa toute-puissance. Deux malheurs vinrent pourtant encore le frapper dans sa retraite : le divorce de *Térentia,* sa femme, dont il ne put supporter plus longtemps le caractère et les désordres (elle épousa Salluste), et la mort de sa chère fille *Tullia.*
- Innocent du meurtre de César (44), Cicéron en ressentit une joie d'autant plus vive que cette mort lui rouvrait la carrière politique. Il y rentra en combattant *Antoine* par ses *quatorze* PHILIPPIQUES, et en lui opposant *Octave,* neveu du dictateur. La paix s'étant faite avec *un nouveau triumvirat* (Octave, Antoine et Lépide), les triumvirs s'abandonnèrent leurs ennemis réciproques. Cicéron, poursuivi par les satellites d'Antoine, fut pris à Caïète et tué à l'âge de 64 ans. Sa tête et ses mains furent suspendues à la tribune aux harangues (43).

L'ORATEUR. Talents naturels et acquis.

CICÉRON semblait avoir reçu de la nature tous les dons qui font l'orateur : « une physionomie heureuse, à la fois mobile et noble, une prestance majestueuse, une voix agréable et forte, une mémoire toujours présente, un esprit souple et caustique, une merveilleuse abondance d'élocution, et, pour mettre en œuvre toutes ces qualités, une puissance de travail sans pareille, une imagination inépuisable, une sensibilité d'âme presque féminine. » Il n'en eut pas moins beaucoup à faire, à cause du temps où il parut. Il manquait de *modèles* et de *maîtres*, d'une longue *tradition,* qu'il pût suivre sûrement; il imita les *Grecs*, en restant *romain,* car s'il étudia nuit et jour les chefs-d'œuvre de la Grèce, il n'étudia pas moins les vieux représentants du drame et de l'épopée romaine; il cite, il vante les *Ennius*, les *Plaute*, les *Cécilius.* Il manquait d'une *langue oratoire;* il dut la créer, en dégageant le langage de la bonne société de tout élément impur ou suranné, en rejetant les mots poétiques, les tournures ambitieuses, en proscrivant les expressions grecques et les termes barbares ou grossièrement vulgaires, en donnant à sa phrase ce rythme harmonieux qui, indépendamment du sens, est déjà une caresse et une séduction. Enfin, le champ de l'éloquence était trop étroit, il l'agrandit par l'étude de la philosophie, du droit civil, de l'histoire.

I. Discours JUDICIAIRES.

IN VERREM (70). L'accusation complète comprend *sept discours*, répartis en *deux actions.*

Nous en avons vu l'*occasion :*

- PREMIÈRE ACTION. *Deux discours.*
  - 1° Dans un discours *préliminaire,* Cicéron prouve son droit à la défense des Siciliens.
  - 2° C'est un réquisitoire direct contre Verrès, que Cicéron accable sous le poids de dépositions multipliées, recueillies en Sicile. Ce discours est plutôt une *procédure* qu'un plaidoyer; il forme à lui seul la première action, et suffit à confondre Verrès, qui s'exila volontairement.
- DEUXIÈME ACTION. *Cinq discours,* publiés plus tard, sur les prévarications de Verrès :
  - 1° Dans sa PRÉTURE URBAINE.
  - 2° Dans sa PRÉTURE SICILIENNE.
  - 3° SUR LES BLÉS que la province devait fournir à Rome.
  - 4° SUR LES STATUES ET ŒUVRES D'ART : Cicéron y rapporte les vols d'objets d'art, commis au préjudice des particuliers et des villes avec une audace sans égale.
  - 5° SUR LES SUPPLICES : on y trouve dépeinte l'ignoble lâcheté de Verrès dans l'emploi de la force publique, dans la guerre contre les esclaves, et surtout dans les supplices : les verges, la hache et même la croix infligés à des citoyens romains. (V. g. SUPPLICE DE GAVIUS.)

PRO ARCHIA (62).

- Il s'agit de prouver les droits d'ARCHIAS au titre de citoyen romain.
- 1° Archias est vraiment citoyen romain. Cette première partie est une exposition juridique, courte, mais lumineuse.
- 2° S'il ne l'était, son titre et sa gloire de poète devraient lui faire accorder ce droit. — Cicéron fait ici un magnifique éloge de la poésie : elle élève et perfectionne l'âme, rend le poète vénérable et sacré. Cette deuxième partie, ornée et fleurie, est un modèle du *genre tempéré;* elle a le brillant de nos discours académiques.

PRO MILONE (52). Ce discours tient le milieu entre le genre judiciaire et le genre politique.

Clodius mort (53), Cicéron accepta la défense du meurtrier. Mais Pompée, chargé de maintenir l'ordre, couvrit le Forum de troupes, et cette vue troubla l'orateur : Milon fut condamné. Ce ne fut que plus tard que son défenseur composa le discours que nous avons.

- EXORDE. Cet appareil militaire l'étonne; mais la justice de Pompée et l'appui des honnêtes gens le rassurent.
- I. Milon a *pu* tuer Clodius. On a droit de tuer un injuste agresseur. Or Clodius a été l'agresseur; car tout chez lui prouve la préméditation : les préparatifs, le lieu, les costumes, l'équipage même.
- II. Il a dû le tuer.
  - C'était un ennemi public : ses violences passées, ses projets futurs le montrent.
  - L'opinion publique le condamne d'ailleurs comme un véritable tyran.
- PÉRORAISON. Milon ne veut pas s'abaisser à la prière, mais les juges le sauveront. Il a d'ailleurs tant servi la république que sa gloire est assurée, quoi qu'il arrive.

On cite encore le PRO ROSCIO, le PRO MARCELLO, le PRO LIGARIO, etc.

Critique.

Qualités. CICÉRON est *le premier des orateurs judiciaires* par les trois qualités suivantes :

- 1° Par son *adresse merveilleuse* à se concilier la bienveillance des juges et du peuple : il reconnaît les passions de son auditoire, il se plie à ses caprices, il entre dans ses préjugés; il flatte tour à tour chacune des vanités qui l'écoutent, il les séduit, les gagne à sa cause et les pousse où il veut.
- 2° Par l'ordonnance parfaite de toutes les parties : les faits, les arguments, les preuves sont toujours placés dans le jour le plus favorable.
- 3° Par la *variété du ton :* tour à tour serré ou abondant, enjoué ou sévère, familier ou majestueux, il sait employer à propos l'ironie la plus mordante (V. g. *Expéditions militaires de Verrès*). Il excelle dans l'*anecdote*, qui délasse l'esprit et prépare ou achève la conviction (*Meurtre de Clodius*). Il excelle surtout dans le *pathétique :* il a le don de se passionner lui-même et de passionner son auditoire, grâce à sa *sensibilité* naturelle, grâce aussi à sa langue facile et souple, comme sa pensée, d'ailleurs toujours harmonieuse, toujours correcte.

Défauts. On peut les réduire à deux :

- 1° Cicéron est *peu scrupuleux* sur ses procédés, et il l'avoue lui-même : « Le langage de l'*avocat est celui de la cause, non de l'homme.* » De là des *contradictions* et le *manque de conscience :* il défendrait à l'occasion un préteur tout aussi coupable que Verrès.
- 2° Ses discours montrent trop l'*attention à bien dire*, et, comme dit Fénelon, *il ne s'oublie jamais.*

Caractère.

- La plupart de ses défenses judiciaires sont des œuvres de cabinet, il ne les a publiées qu'après les avoir revues.
- Très peu ont un caractère exclusivement judiciaire; presque toujours une question politique s'y trouve mêlée.

ÉLOQUENCE

Cicéron

- **II. Discours politiques**
  - **Pro Lege Manilia (67).** Cette loi fut présentée par le *tribun Manilius.*
    - **Occasion.** Porté aux honneurs par la faveur qui a suivi ses premiers succès au barreau, Cicéron cherche à se maintenir *en s'appuyant sur Pompée* et son parti. Aussi veut-il lui faire remettre le commandement de toutes les armées romaines en Orient contre Mithridate.
    - **Plan.**
      - I. La guerre d'Asie prend des proportions menaçantes (éloquent exposé de l'état des choses). Il faut un général accompli; Pompée seul possède la *science*, la *vertu*, la *bravoure*, l'*autorité nécessaires.*
      - II. Ce pouvoir, confié à un seul, ne présente pas les dangers qu'on veut y voir (objection d'Hortensius). D'ailleurs Pompée l'a déjà obtenu dans la guerre des pirates, et la situation le réclame absolument.
    - **Critique.** Ce discours marque une grande imprévoyance politique et justifie d'avance *tout ambitieux qui aura su se rendre nécessaire.* César partageait l'avis de Cicéron, et mit plus tard l'argument en pratique. On y rencontre, au point de vue littéraire, trop de travail de la phrase : *périodes savantes, antithèses, chutes* et *assonances,* industrieusement combinées.
  - **Quatre Catilinaires (63).**
    - **Première Catilinaire** (Au sénat, dans le temple de Jupiter Stator.) 8 novembre.
      - **Occasion.** Catilina, homme violent et corrompu, avait rassemblé autour de lui toute la jeunesse perdue de dettes et de crimes; Rome, effrayée, appela Cicéron au consulat. Les funestes projets des conjurés furent bientôt connus. Mais Catilina restait à Rome : il osa même un jour entrer au sénat, et ce fut là que Cicéron, dans sa première Catilinaire, l'écrasa de sa parole fiévreuse et foudroyante.
      - **Plan.** Exorde *ex abrupto :* Jusqu'à quand abuseras-tu de notre patience, etc. ?
        - I. *A Catilina.* Sors de Rome :
          - Tu n'as rien à gagner en y restant. — Tes projets sont connus et seront punis. Ici tout le monde te hait.
          - Tu as tout à gagner en en sortant. — Tes plans se réaliseront : Je serai odieux. Tu feras la guerre civile. Tu trouveras une société digne de toi.
        - II. *Au Sénat :* Pourquoi le laisser échapper ? — Pour bien constater le mal.
      - **Résultat.** Catilina sortit en effet de Rome, la menace à la bouche; la nuit suivante, il était au milieu de ses troupes.
    - **Deuxième Catilinaire** (Au peuple).
      - **Occasion.** Chacun racontait et interprétait à sa manière les événements de la veille. Les *bonnes gens* blâmaient le consul d'avoir laissé échapper le conspirateur, dont la liberté les effrayait; les *sceptiques de la politique,* refusant de croire à la conspiration, l'accusaient de violence, et les amis de Catilina exploitaient les deux opinions.
      - **Sujet.** Il fallait calmer les esprits, et Cicéron le fit en traçant de la situation un tableau capable de *rassurer les bons* et de *décourager les méchants.* C'est en même temps une apologie de sa conduite.
    - **Troisième Catilinaire** (au peuple). Cicéron y raconte la *découverte du complot* formé par les conjurés avec les députés des Allobroges. C'était la preuve qu'il attendait, et sans laquelle il ne pouvait agir.
    - **Quatrième Catilinaire** (Au sénat.) 5 décembre.
      - **Occasion.** Les principaux chefs de la conjuration restés à Rome ont été saisis et jetés en prison : leur culpabilité est démontrée, et le sénat est réuni pour statuer définitivement sur leur sort. *Silanus* vote pour la *peine de mort*, et bien d'autres après lui : mais *César*, par un discours insidieux et *plein de douces paroles, change la disposition des esprits.* Silanus lui-même revient sur son avis et ne demande que la *prison perpétuelle.*
      - **Sujet.** Il s'agissait d'arrêter ce mouvement de défection, et de déterminer les sénateurs à voter la peine de mort. Cicéron le fit avec un accent de fermeté résolue, et n'opposa qu'un double argument à ceux de ses adversaires :
        - 1° La gravité de la situation exige qu'on y porte un prompt remède.
        - 2° L'atrocité du crime met les juges à l'abri du reproche de cruauté.
      - **Résultat.** Caton soutint Cicéron, et les coupables furent mis à mort.
  - **Quatorze Philippiques.**
    - **Occasion.** Après la mort de César, *Antoine*, son lieutenant, se donna comme *son vengeur.* Mais il eut bientôt un *adversaire* sérieux dans *Octave*, que le sénat lui opposa sur les *instances de Cicéron,* gagné par le jeune prétendant. L'orateur prononça quatorze Philippiques, ou invectives contre Antoine, en face duquel il se posait comme Démosthène en face de Philippe.
    - **Sujet.**
      - **Deuxième Philippique.** C'est une réponse aux invectives qu'Antoine avait lancées contre lui dans le sénat.
        - I. Il y fait l'*apologie de sa conduite,* qu'on ne peut taxer ni d'ingratitude ni d'inconséquence.
        - II. Suit le *tableau des vices et des crimes* d'Antoine.
      - Les treize autres ont à peu près le même fond : l'orateur y démontre qu'il faut récompenser les ennemis d'Antoine, punir ses amis, et marcher contre lui. Mais il sait admirablement varier le ton dans ces discours pleins de vie et de véhémence.
      - On remarque dans la quatorzième l'Éloge des soldats de la légion de Mars, morts pour la patrie : c'est une magnifique *oraison funèbre.*
  - **Critique.** Cicéron entrait dans la vie politique admirablement préparé pour l'éloquence. Animé d'un patriotisme sincère, il trouva des circonstances incomparables, et il sut les mettre à profit : les discours cités en font foi.
    - Deux qualités lui manquent pour la perfection :
      - 1° La *prévoyance.* Cicéron ne savait pas prévoir la conséquence de ses actes. (V. g. Discours pour la loi Manilia.)
      - 2° La *décision* et la *fermeté :* Entre les divers partis et les différentes mesures, Cicéron voit trop le pour et le contre, il hésite, il ne sait se décider; perplexité bien funeste aux époques troublées comme la sienne. Bien plus, une fois engagé dans une voie, il ne sait pas toujours s'y maintenir avec fermeté. Aussi sa politique est-elle une *perpétuelle oscillation.*
- **III. Ouvrages de rhétorique.** Ils roulent tous sur l'éloquence et sur l'art oratoire.
  - Cicéron avait écrit dès sa jeunesse sur des matières de rhétorique, commentant sans doute ou résumant les leçons qu'il entendait. On rapporte à cette époque la Rhétorique à Hérennius, les deux livres sur l'Invention, dont l'authenticité n'est pas prouvée. D'autres ouvrages, les Topiques, les Partitions oratoires, ne sont que des manuels assez secs et qui vinrent plus tard. Mais il est des œuvres véritablement originales et romaines, où, dans *la force de l'âge* et dans tout l'éclat de sa gloire, Cicéron voulut exposer *ses propres conceptions* sur cet art de l'éloquence qu'il possédait si bien; où il voulut surtout marquer nettement la place qu'il se croyait due dans l'histoire de l'éloquence romaine.
  - **De Oratore** (trois dialogues).
    - Le premier traite du *caractère* de l'orateur, de son *rôle,* des *connaissances* qui lui sont nécessaires : droit civil, histoire, etc. Interlocuteurs : Licinius Crassus, Marc-Antoine, Mucius Scévola, Sulpicius et Cotta. Le deuxième, de l'*invention* et de la *disposition;* Scévola se retire et fait place à Catulus et C. Julius César Strabon. Le troisième, de l'*élocution* et de l'*action.*
    - Tout est vivant dans ce dialogue, où Cicéron prête à *Crassus* toutes les richesses de son génie, et le pose en défenseur de la nouvelle école, de celle qui exigeait de l'orateur les connaissances les plus variées et les plus étendues, tandis qu'il confie à Antoine la cause de l'ancienne, de celle qui prétendait renfermer l'orateur dans son art. C'est entre eux qu'est partagé le fond du discours; mais les autres auditeurs interviennent souvent, *Sulpicius* et *Cotta,* en jeunes gens pleins d'ardeur, *Catulus* avec la dignité de son âge et de son rang.
  - **Orator** (dissertation). C'est un *portrait idéal* de l'orateur parfait. L'ouvrage se termine assez malheureusement par une dissertation technique sur le nombre et la période.
  - **Brutus** (Cicéron, Brutus, Atticus). C'est un exposé brillant, mais monotone et parfois incomplet, de l'Histoire de l'éloquence romaine. Les orateurs et l'auteur lui-même y sont jugés. Si la place marquée et l'importance des louanges accordées à chacun ne semblent pas toujours bien justifiées, disons que le plus souvent critiques et éloges sont dignes de Cicéron. Il faut remarquer les jugements portés sur *Caton, Antoine, Crassus, César, Hortensius,* la dissertation sur l'*atticisme* et le portrait de l'orateur *Calvus*
  - **Critique.** Cicéron a déployé dans ces trois traités un talent égal à celui de ses plus beaux discours. Créateur de la critique littéraire, il y emploie une langue *claire, élégante,* modèle de goût et de précision.

Hortensia. Fille d'Hortensius, elle plaida et gagna, devant le tribunal des triumvirs, la *cause des dames romaines,* frappées d'un impôt injuste.

Autres orateurs. Sans cesse obligés d'accuser ou de se défendre eux-mêmes, *tous les hommes politiques* d'alors furent nécessairement orateurs. Citons, entre autres, **Licinius Calvus,** le chef des prétendus attiques; **M. Cælius Rufus,** orateur redoutable dans l'attaque; **M. Junius Brutus, Caton le Jeune, Q. Tubéron,** l'accusateur de Ligarius, etc.

PHILOSOPHIE ET GENRE ÉPISTOLAIRE

Cicéron

IV. Philosophie

Philosophie à Rome. Après de longs mépris pour les philosophes et leur enseignement, les Romains, race réfléchie, positive et agissante, avaient fini par étudier la philosophie au moins sous *son côté pratique*. Cette étude était un excellent exercice *pour l'orateur*, dont elle développait les idées et élargissait l'horizon. De plus, les doctrines morales du *stoïcisme* et de l'*épicurisme* prétendaient offrir aux âmes *des consolations* dans les malheurs publics ou privés.

Caractère et doctrines philosophiques de Cicéron.
- Cicéron étudia la philosophie à *ce double point de vue*. Pendant toute sa jeunesse, il s'en fit une gymnastique intellectuelle, dont on peut saisir l'influence dans ses discours; et plus tard, quand il fut exilé de la vie publique par la dictature de César, il y chercha une occupation sérieuse et une consolation.
- Cicéron est le *premier auteur* qui ait écrit en latin sur ces matières; il ne fait guère que *commenter* ou *développer* les systèmes des écoles grecques sans s'attacher à aucune exclusivement; c'est une sorte d'*éclectisme*. En logique, le *probabilisme* devait lui plaire comme à tout avocat; en morale, il s'inspire du *stoïcisme*. Pour l'*épicurisme*, il le poursuit partout avec un véritable acharnement. C'est qu'il comprenait et voulait détruire les pernicieux effets de cette doctrine sur les esprits : l'*indifférence* en matière politique, le *repos*, les *aises* procurées à tout prix, la *corruption* des mœurs.

Œuvres.

- **De la République** (6 liv.)
  - Il s'agit de la *contitution d'un Etat*. La théorie, la doctrine philosophique du traité est empruntée à *Aristote* et à *Platon*. L'ouvrage est pourtant *romain*; Cicéron prend pour modèle la république romaine, à peu près telle qu'elle était au temps de Caton.
  - *Songe de Scipion* (fin du VIe livre). Scipion raconte qu'étant en Afrique, son aïeul l'Africain lui apparut pendant son sommeil, et que, l'enlevant en esprit dans les sphères célestes, il lui dévoila l'avenir qui l'attendait, lui montra l'harmonie de toutes ces sphères innombrables maintenue par la Providence, le bonheur réservé aux grands hommes, et lui enseigna surtout à *n'ambitionner que l'immortalité* réservée aux âmes nobles.
- **Des lois** (5 ou 6 liv.).
  - 1° Cicéron établit pour fondement du droit la *loi universelle et immuable* conforme à la *raison divine*.
  - 2° Il examine le *droit positif* de Rome.
- **De finibus** (5 liv.). Cicéron discute les opinions des épicuriens, des stoïciens, des péripatéticiens et de l'ancienne Académie (Platon) sur ce sujet pratique : les vrais biens et les vrais maux.
- **Tusculanes** (5 liv.). Retiré à *Tusculum*, Cicéron s'y entretient avec Atticus du mépris de la douleur, de la mort, etc., et démontre l'immortalité de l'âme.
- **Nature des dieux** (3 liv.). Il y met aux prises un épicurien, un stoïcien, un académicien, qui se réfutent l'un l'autre. Quelle est au juste l'opinion de Cicéron sur ce sujet? Il ne semble pas vouloir l'affirmer nettement.
- **De Officiis** (3 liv.). Ces trois livres de conseils moraux adressés à son fils forment *le plus beau traité de vertu inspiré par la sagesse purement humaine* (Villemain). Ils ne renferment pas seulement une sorte de *code de morale politique*; ils traitent de la distinction et du choix à faire entre l'*honnête* et l'*utile*, entre le *devoir* et l'*intérêt*.

On cite encore le de Senectute, cet ouvrage « qui fait appétit de vieillir », et le de Amicitia, où l'amitié est représentée comme la consolatrice de notre existence et la conservatrice de la vertu.

Critique.
- Son style, clair malgré des longueurs et des paraphrases, élégant, plein d'éclat et de mouvement, met toutes ces questions ardues *à la portée des Romains*. Il a *même enrichi* la langue, en traitant de main de maître ces matières encore inexplorées.
- La *théorie* de ces ouvrages est *empruntée* aux Grecs, mais les *conseils* et les *applications pratiques* sont vraiment *romains*.
- Dans ces dialogues, comme dans les précédents, *la forme est imitée de Platon*; mais l'auteur latin est bien *moins dramatique* que le philosophe grec; les caractères sont moins soutenus, et le *dialogue disparaît* trop souvent pour faire place à de longs monologues. (V. g. dans le Brutus).

V. Lettres

On les a réunies sous quatre titres:

Avant Cicéron, on avait déjà vu quelques recueils de lettres (Caton, les Gracques). Celles de Cicéron et de ses amis (Brutus, César, Pompée, Atticus, Caton d'Utique, etc.) furent recueillies après sa mort, soit par *Tiron*, son secrétaire, soit par son ami *Atticus*.

I. Ad Atticum (seize livres). Ce sont les épanchements sans détours et sans arrière-pensée de deux cœurs dévoués l'un à l'autre.

II. Ad diversos ou Lettres familières (seize livres). On y suit en pleine lumière les espérances, les craintes, les fluctuations, les vœux de *Cicéron et de ses amis*, mêlés aux agitations des troubles civils.

III. Ad Quintum, le frère de Cicéron (trois livres).

IV. Ad Brutum, le meurtrier de César (un livre).

Critique. Ces lettres ont pour nous une immense importance, parce qu'elles nous font connaître l'histoire de cette époque, sur laquelle nous n'avons d'ailleurs que des documents incomplets. Événements, hommes et choses, tout s'y trouve relaté, examiné et critiqué. Cicéron surtout s'y découvre lui-même au naturel, avec ses hésitations, ses abattements, ses fausses démarches, et surtout *sa puérile vanité*. -- On y trouve la même mobilité d'impression, la même vivacité de sentiments, le même talent de narration que dans les discours; mais le style est dépouillé de toute pompe oratoire, naturel et primesautier.

VI. Œuvres poétiques.

Cicéron avait cultivé la poésie; ses œuvres furent même très goûtées. Dans un de ses dialogues, il fait promettre par son frère l'immortalité à son poème de Marius. Nous n'avons que des fragments, mais assez nombreux pour montrer que Cicéron manquait de la *véritable inspiration poétique*. Ce ne sont guère que des traductions ou imitations du grec. V. g. des passages du Prométhée d'Eschyle, des Trachiniennes de Sophocle. Le mérite des vers de Cicéron consiste surtout dans la facture.

HISTOIRE

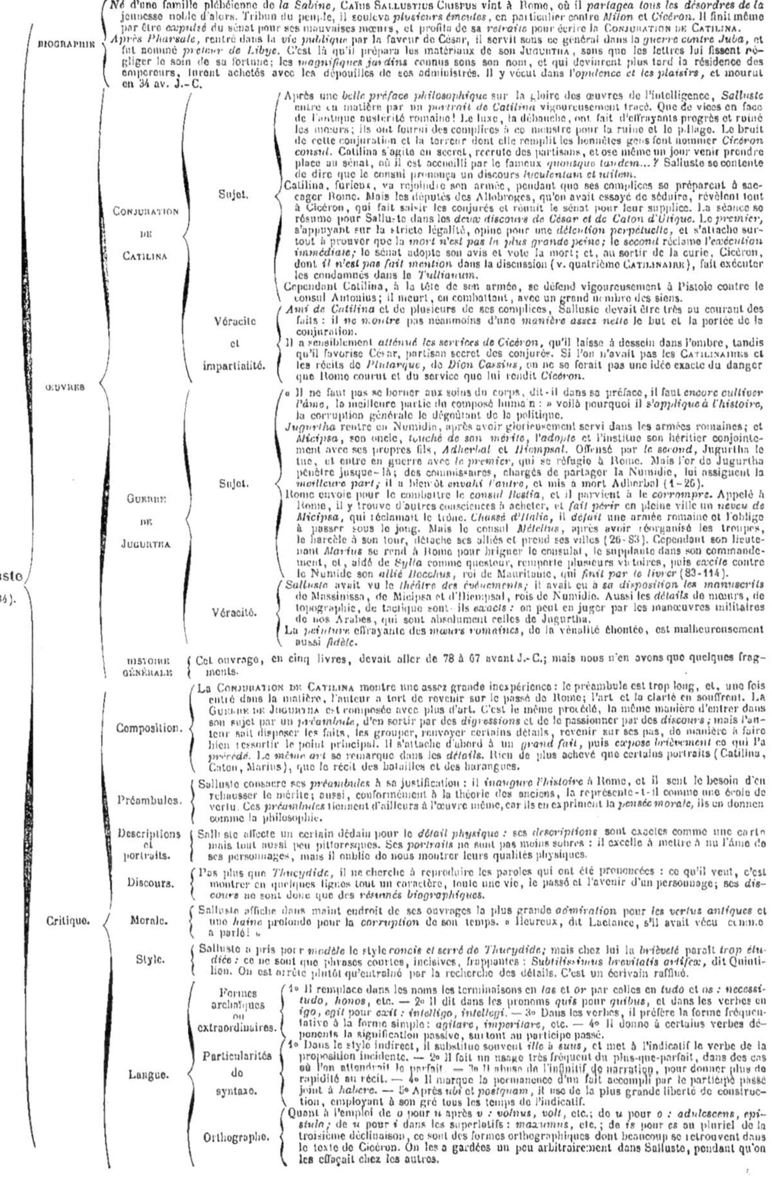

Salluste (86-34).

Biographie

Né d'une famille plébéienne de *la Sabine,* CAÏUS SALLUSTIUS CRISPUS vint à Rome, où il *partagea tous les désordres de la* jeunesse noble d'alors. Tribun du peuple, il souleva *plusieurs émeutes*, en particulier contre *Milon* et *Cicéron.* Il finit même par être *expulsé* du sénat pour ses mauvaises mœurs, et profita de sa *retraite* pour écrire la CONJURATION DE CATILINA.

Après Pharsale, rentré dans la *vie publique* par la faveur de César, il servit sous ce général dans la *guerre contre Juba,* et fut nommé *préteur de Libye.* C'est là qu'il prépara les matériaux de son JUGURTHA, sans que les lettres lui fissent négliger le soin de sa fortune; les *magnifiques jardins* connus sous son nom, et qui devinrent plus tard la résidence des empereurs, furent achetés avec les dépouilles de ses administrés. Il y vécut dans l'*opulence et les plaisirs,* et mourut en 34 av. J.-C.

Œuvres

Conjuration de Catilina

Sujet.

Après une *belle préface philosophique* sur la gloire des œuvres de l'intelligence, *Salluste* entre en matière par un *portrait de Catilina* vigoureusement tracé. Que de vices en face de l'antique austérité romaine! Le luxe, la débauche, ont fait d'effrayants progrès et ruiné les mœurs; ils ont fourni des complices à ce monstre pour la ruine et le pillage. Le bruit de cette conjuration et la terreur dont elle remplit les honnêtes gens font nommer *Cicéron consul.* Catilina s'agite en secret, recrute des partisans, et ose même un jour venir prendre place au sénat, où il est accueilli par le fameux *quousque tandem...?* Salluste se contente de dire que le consul prononça un discours *luculentam et utilem.*

Catilina, furieux, va rejoindre son armée, pendant que ses complices se préparent à saccager Rome. Mais les députés des Allobroges, qu'on avait essayé de séduire, révèlent tout à Cicéron, qui fait saisir les conjurés et réunit le sénat pour leur supplice. La séance se résume pour Salluste dans les *deux discours de César et de Caton d'Utique.* Le *premier,* s'appuyant sur la stricte légalité, opine pour une *détention perpétuelle,* et s'attache surtout à prouver que la *mort n'est pas la plus grande peine;* le *second* réclame l'*exécution immédiate;* le sénat adopte son avis et vote la mort; et, au sortir de la curie, Cicéron, dont *il n'est pas fait mention* dans la discussion (v. quatrième CATILINAIRE), fait exécuter les condamnés dans le *Tullianum.*

Cependant Catilina, à la tête de son armée, se défend vigoureusement à Pistoie contre le consul Antonius; il meurt, en combattant, avec un grand nombre des siens.

Véracité et impartialité.

Ami de Catilina et de plusieurs de ses complices, Salluste devait être très au courant des faits : il *ne montre* pas néanmoins d'une *manière assez nette* le but et la portée de la conjuration.

Il a sensiblement *atténué les services de Cicéron,* qu'il laisse à dessein dans l'ombre, tandis qu'il favorise César, partisan secret des conjurés. Si l'on n'avait pas les CATILINAIRES et les récits de *Plutarque*, de *Dion Cassius,* on ne se ferait pas une idée exacte du danger que Rome courut et du service que lui rendit *Cicéron.*

Guerre de Jugurtha

Sujet.

« Il ne faut pas se borner aux soins du corps, dit-il dans sa préface, il faut *encore cultiver l'âme*, la meilleure partie du composé humain : » voilà pourquoi il *s'applique à l'histoire,* la corruption générale le dégoûtant de la politique.

Jugurtha rentre en Numidie, après avoir glorieusement servi dans les armées romaines; et *Micipsa*, son oncle, *touché de son mérite*, l'*adopte* et l'institue son héritier conjointement avec ses propres fils, *Adherbal* et *Hiempsal.* Offensé par *le second*, Jugurtha le tue, et entre en guerre avec *le premier*, qui se réfugie à Rome. Mais l'or de Jugurtha pénètre jusque-là; des commissaires, chargés de partager la Numidie, lui assignent la *meilleure part;* il a bientôt *envahi l'autre*, et mis à mort Adherbal (1-26).

Rome envoie pour le combattre le *consul Bestia*, et il parvient à le *corrompre.* Appelé à Rome, il y trouve d'autres consciences à acheter, et *fait périr* en pleine ville un *neveu de Micipsa*, qui réclamait le trône. *Chassé d'Italie*, il *défait* une armée romaine et l'oblige à passer sous le joug. Mais le consul *Métellus*, après avoir réorganisé les troupes, le harcèle à son tour, détache ses alliés et prend ses villes (26-83). Cependant son lieutenant *Marius* se rend à Rome pour briguer le consulat, le supplante dans son commandement, et, aidé de *Sylla* comme questeur, remporte plusieurs victoires, puis *excite* contre le Numide son *allié Bocchus*, roi de Mauritanie, qui *finit par le livrer* (83-114).

Véracité.

Salluste avait vu le *théâtre des événements;* il avait eu à *sa disposition les manuscrits* de Massinissa, de Micipsa et d'Hiempsal, rois de Numidie. Aussi les *détails* de mœurs, de topographie, de tactique sont-ils *exacts :* on peut en juger par les manœuvres militaires de nos Arabes, qui sont absolument celles de Jugurtha.

La *peinture* effrayante des *mœurs romaines*, de la vénalité éhontée, est malheureusement aussi *fidèle.*

Histoire générale

Cet ouvrage, en cinq livres, devait aller de 78 à 67 avant J.-C.; mais nous n'en avons que quelques fragments.

Critique.

Composition. La CONJURATION DE CATILINA montre une assez grande inexpérience : le préambule est trop long, et, une fois entré dans la matière, l'auteur a tort de revenir sur le passé de Rome; l'art et la clarté en souffrent. LA GUERRE DE JUGURTHA est composée avec plus d'art. C'est le même procédé, la même manière d'entrer dans son sujet par un *préambule*, d'en sortir par des *digressions* et de le passionner par des *discours ;* mais l'auteur sait disposer les faits, les grouper, renvoyer certains détails, revenir sur ses pas, de manière à faire bien ressortir le point principal. Il s'attache d'abord à un *grand fait*, puis *expose brièvement* ce qui l'a *précédé.* Le *même art* se remarque dans les *détails.* Rien de plus achevé que certains portraits (Catilina, Caton, Marius), que le récit des batailles et des harangues.

Préambules. Salluste consacre ses *préambules* à sa justification : il *inaugure l'histoire* à Rome, et il sent le besoin d'en rehausser le mérite; aussi, conformément à la théorie des anciens, la représente-t-il comme une école de vertu. Ces *préambules* tiennent d'ailleurs à l'œuvre même, car ils en expriment la *pensée morale,* ils en donnent comme la philosophie.

Descriptions et portraits. Salluste affecte un certain dédain pour le *détail physique :* ses *descriptions* sont exactes comme une carte mais tout aussi peu pittoresques. Ses *portraits* ne sont pas moins sobres : il excelle à mettre à nu l'âme de ses personnages, mais il oublie de nous montrer leurs qualités physiques.

Discours. Pas plus que *Thucydide,* il ne cherche à reproduire les paroles qui ont été prononcées : ce qu'il veut, c'est montrer en quelques lignes tout un caractère, toute une vie, le passé et l'avenir d'un personnage; ses *discours* ne sont donc que des *résumés biographiques.*

Morale. Salluste affiche dans maint endroit de ses ouvrages la plus grande *admiration* pour *les vertus antiques* et une *haine* profonde pour la *corruption* de son temps. « Heureux, dit Lactance, s'il avait vécu comme il a parlé! »

Style. Salluste a pris pour *modèle* le style *concis et serré de Thucydide;* mais chez lui la *brièveté* paraît *trop étudiée :* ce ne sont que phrases courtes, incisives, frappantes : *Subtilissimus brevitatis artifex,* dit Quintilien. On est arrêté plutôt qu'entraîné par la recherche des détails. C'est un écrivain raffiné.

Langue.

Formes archaïques ou extraordinaires. 1° Il remplace dans les noms les terminaisons en *tas* et *or* par celles en *tudo* et *os : necessitudo, honos*, etc. — 2° Il dit dans les pronoms *quis* pour *quibus*, et dans les verbes en *igo, egit* pour *exit : intelligo, intellegi.* — 3° Dans les verbes, il préfère la forme fréquentative à la forme simple : *agitare, imperitare*, etc. — 4° Il donne à certains verbes déponents la signification passive, surtout au participe passé.

Particularités de syntaxe. 1° Dans le style indirect, il substitue souvent *ille* à *suus,* et met à l'indicatif le verbe de la proposition incidente. — 2° Il fait un usage très fréquent du plus-que-parfait, dans des cas où l'on attendrait le parfait. — 3° Il abuse de l'infinitif de narration, pour donner plus de rapidité au récit. — 4° Il marque la permanence d'un fait accompli par le participe passé joint à *habere.* — 5° Après *ubi* et *postquam*, il use de la plus grande liberté de construction, employant à son gré tous les temps de l'indicatif.

Orthographe. Quant à l'emploi de *o* pour *u* après *v : volnus, volt*, etc.; de *u* pour *o : adulescens, epistula;* de *u* pour *i* dans les superlatifs : *maxumus*, etc.; de *is* pour *es* au pluriel de la troisième déclinaison, ce sont des formes orthographiques dont beaucoup se retrouvent dans le texte de Cicéron. On les a gardées un peu arbitrairement dans Salluste, pendant qu'on les effaçait chez les autres.

HISTOIRE

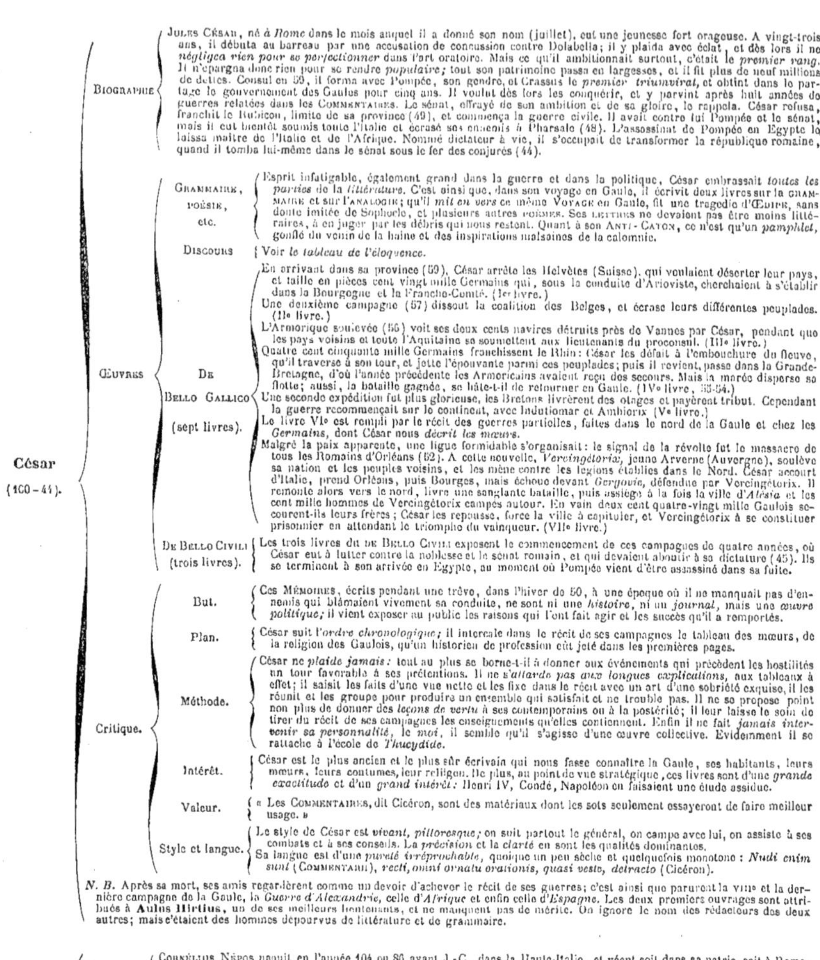

César (100-44).

Biographie. — Jules César, né *à Rome* dans le mois auquel il a donné son nom (juillet), eut une jeunesse fort orageuse. A vingt-trois ans, il débuta au barreau par une accusation de concussion contre Dolabella; il y plaida avec éclat, et dès lors il ne *négligea rien pour se perfectionner* dans l'art oratoire. Mais ce qu'il ambitionnait surtout, c'était le *premier rang.* Il n'épargna donc rien pour se rendre *populaire;* tout son patrimoine passa en largesses, et il fit plus de neuf millions de dettes. Consul en 59, il forma avec Pompée, son gendre, et Crassus le *premier triumvirat,* et obtint dans le partage le gouvernement des Gaules pour cinq ans. Il voulut dès lors les conquérir, et y parvint après huit années de guerres relatées dans les Commentaires. Le sénat, effrayé de son ambition et de sa gloire, le rappela. César refusa, franchit le Rubicon, limite de sa province (49), et commença la guerre civile. Il avait contre lui Pompée et le sénat, mais il eut bientôt soumis toute l'Italie et écrasé ses ennemis *à* Pharsale (48). L'assassinat de Pompée en Egypte le laissa maître de l'Italie et de l'Afrique. Nommé dictateur à vie, il s'occupait de transformer la république romaine, quand il tomba lui-même dans le sénat sous le fer des conjurés (44).

Œuvres

Grammaire, poésie, etc. — Esprit infatigable, également grand dans la guerre et dans la politique, César embrassait *toutes les parties* de la *littérature.* C'est ainsi que, dans son voyage en Gaule, il écrivit deux livres sur la grammaire et sur l'analogie; qu'il *mit en vers* ce même Voyage en Gaule, fit une tragedie d'Œdipe, sans doute imitée de Sophocle, et plusieurs autres poèmes. Ses lettres ne devaient pas être moins littéraires, à en juger par les débris qui nous restent. Quant à son Anti-Caton, ce n'est qu'un *pamphlet,* gonflé du venin de la haine et des inspirations malsaines de la calomnie.

Discours. — Voir *le tableau de l'éloquence.*

De Bello Gallico (sept livres).

En arrivant dans sa province (59), César arrête les Helvètes (Suisse), qui voulaient déserter leur pays, et taille en pièces cent vingt mille Germains qui, sous la conduite d'Arioviste, cherchaient à s'établir dans la Bourgogne et la Franche-Comté. (Ier livre.)

Une deuxième campagne (57) dissout la coalition des Belges, et écrase leurs différentes peuplades. (IIe livre.)

L'Armorique soulevée (56) voit ses deux cents navires détruits près de Vannes par César, pendant que les pays voisins et toute l'Aquitaine se soumettent aux lieutenants du proconsul. (IIIe livre.)

Quatre cent cinquante mille Germains franchissent le Rhin: César les défait à l'embouchure du fleuve, qu'il traverse à son tour, et jette l'épouvante parmi ces peuplades; puis il revient, passe dans la Grande-Bretagne, d'où l'année précédente les Armoricains avaient reçu des secours. Mais la marée disperse sa flotte; aussi, la bataille gagnée, se hâte-t-il de retourner en Gaule. (IVe livre, 55-54.)

Une seconde expédition fut plus glorieuse, les Bretons livrèrent des otages et payèrent tribut. Cependant la guerre recommençait sur le continent, avec Indutiomar et Ambiorix (Ve livre.)

Le livre VIe est rempli par le récit des guerres partielles, faites dans le nord de la Gaule et chez les *Germains,* dont César nous *décrit les mœurs.*

Malgré la paix apparente, une ligue formidable s'organisait: le signal de la révolte fut le massacre de tous les Romains d'Orléans (52). A cette nouvelle, *Vercingétorix,* jeune Arverne (Auvergne), soulève sa nation et les peuples voisins, et les mène contre les legions établies dans le Nord. César accourt d'Italie, prend Orléans, puis Bourges, mais échoue devant *Gergovie,* défendue par Vercingétorix. Il remonte alors vers le nord, livre une sanglante bataille, puis assiège à la fois la ville d'*Alésia* et les cent mille hommes de Vercingétorix campés autour. En vain deux cent quatre-vingt mille Gaulois secourent-ils leurs frères; César les repousse, force la ville à capituler, et Vercingétorix à se constituer prisonnier en attendant le triomphe du vainqueur. (VIIe livre.)

De Bello Civili (trois livres). — Les trois livres du de Bello Civili exposent le commencement de ces campagnes de quatre années, où César eut à lutter contre la noblesse et le sénat romain, et qui devaient aboutir à sa dictature (45). Ils se terminent à son arrivée en Egypte, au moment où Pompée vient d'être assassiné dans sa fuite.

Critique.

But. — Ces Mémoires, écrits pendant une trêve, dans l'hiver de 50, à une époque où il ne manquait pas d'ennemis qui blâmaient vivement sa conduite, ne sont ni une *histoire,* ni un *journal,* mais une *œuvre politique;* il vient exposer au public les raisons qui l'ont fait agir et les succès qu'il a remportés.

Plan. — César suit l'*ordre chronologique;* il intercale dans le récit de ses campagnes le tableau des mœurs, de la religion des Gaulois, qu'un historien de profession eût jeté dans les premières pages.

Méthode. — César ne *plaide jamais:* tout au plus se borne-t-il à donner aux événements qui précèdent les hostilités un tour favorable à ses prétentions. Il ne *s'attarde pas aux longues explications,* aux tableaux à effet; il saisit les faits d'une vue nette et les fixe dans le récit avec un art d'une sobriété exquise, il les réunit et les groupe pour produire un ensemble qui satisfait et ne trouble pas. Il ne se propose point non plus de donner des *leçons de vertu* à ses contemporains ou à la postérité; il leur laisse le soin de tirer du récit de ses campagnes les enseignements qu'elles contiennent. Enfin il ne fait *jamais intervenir sa personnalité,* le *moi,* il semble qu'il s'agisse d'une œuvre collective. Evidemment il se rattache à l'école de *Thucydide.*

Intérêt. — César est le plus ancien et le plus sûr écrivain qui nous fasse connaître la Gaule, ses habitants, leurs mœurs, leurs coutumes, leur religion. De plus, au point de vue stratégique, ces livres sont d'une *grande exactitude* et d'un *grand intérêt:* Henri IV, Condé, Napoléon en faisaient une étude assidue.

Valeur. — « Les Commentaires, dit Cicéron, sont des matériaux dont les sots seulement essayeront de faire meilleur usage. »

Style et langue. — Le style de César est *vivant, pittoresque;* on suit partout le général, on campe avec lui, on assiste à ses combats et à ses conseils. La *précision* et la *clarté* en sont les qualités dominantes.

Sa langue est d'une *pureté irréprochable,* quoique un peu sèche et quelquefois monotone: *Nudi enim sunt* (Commentarii), *recti, omni ornatu orationis, quasi veste, detracto* (Cicéron).

N. B. Après sa mort, ses amis regardèrent comme un devoir d'achever le récit de ses guerres; c'est ainsi que parurent la VIIIe et la dernière campagne de la Gaule, la *Guerre d'Alexandrie,* celle d'*Afrique* et enfin celle d'*Espagne.* Les deux premiers ouvrages sont attribués à **Aulus Hirtius,** un de ses meilleurs lieutenants, et ne manquent pas de mérite. On ignore le nom des rédacteurs des deux autres; mais c'étaient des hommes dépourvus de littérature et de grammaire.

Cornélius Népos.

Biographie. — Cornélius Népos naquit en l'année 104 ou 86 avant J.-C., dans la Haute-Italie, et vécut soit dans sa patrie, soit à Rome, uniquement adonné à la culture des lettres. Ami de *Cicéron,* d'*Atticus,* de *Catulle,* il mena une vie des plus honnêtes et ne mourut que sous le principat d'Auguste.

Vies des grands capitaines. — Cornélius Népos avait composé des Vies des grands capitaines, mais le recueil que nous possédons sous ce nom est d'une authenticité bien douteuse. Pris en lui-même, et tel qu'il est en nos mains, l'ouvrage n'est pas d'un très grand prix; les *personnages* manquent de souplesse et de variété, ils sont chacun à leur tour le plus grand capitaine qu'on ait jamais vu. Le *récit* s'étend ou se resserre d'une manière fort arbitraire; la *chronologie* est souvent négligée; il y a peu d'intelligence, il se glisse même des erreurs dans l'*emploi* que l'auteur fait de ses *autorités;* le *style,* qui ne manque pas d'agrément dans les petites phrases, s'embarrasse dans les périodes; il est de plus fort monotone. Il y a loin assurément de l'œuvre de Cornélius Népos à celle de *Plutarque,* dont elle éveille naturellement le souvenir.

N.B. On cite encore de lui des Chronica ou Annales, des Exemplorum libri, etc.

Pomponius Atticus.

T. Pomponius Atticus, l'ami et le correspondant de *Cicéron,* avait rédigé une Chronique de Rome, où il se bornait à donner des renseignements exacts sur la chronologie, les événements politiques, les lois, les hommes d'Etat, les familles. Il avait aussi composé des Généalogies à la demande de ses amis.

IV. ÉPOQUE D'AUGUSTE

(De la bataille d'Actium, 31 av. J.-C., à la mort de Tibère, 37 ap. J.-C.)

Seul maître du monde romain par la défaite d'Antoine (31 av. J.-C.), Octave se fait donner, avec le titre d'*Auguste,* toutes les charges publiques, mais sans changer ni leur nom ni leur forme élective : *préfet des mœurs,* il dresse la liste des sénateurs et des chevaliers; *grand pontife,* il surveille le culte et ses ministres; *tribun,* il jouit de l'inviolabilité; *prince du sénat,* il dirige les délibérations de cette assemblée; *imperator,* il commande les armées; la puissance *proconsulaire* lui livre les provinces; la puissance *consulaire,* la ville et l'Italie : il a donc tous les pouvoirs, et il s'en sert fort habilement.

A l'intérieur, les divisions politiques s'effacent et permettent de respirer après tant de proscriptions et de haines. Rome se couvre de monuments somptueux (*Panthéon d'Agrippa*); des temples s'élèvent de toutes parts; les riches particuliers construisent à l'envi des portiques, des bains, des aqueducs. A l'extérieur, les ennemis sont repoussés, les frontières reculées; bientôt même l'empereur peut fermer le temple de Janus.

Mais ces brillants dehors couvrent bien des misères. Le peuple oisif ne sait que demander *du pain* et *des jeux;* la noblesse ne s'occupe que de ses plaisirs. Auguste cherche *à remédier* à ce mal public, sans toutefois y réussir. Il n'y a *plus de religion;* et, par ses pieuses ordonnances, il n'obtient que l'*accomplissement extérieur* de pratiques religieuses dont les Romains et lui-même connaissent l'absurdité. La *corruption* morale fait d'*effrayants progrès;* la famille, autrefois si puissante, est minée par le divorce et l'adultère, qui passent dans les mœurs : et tout ce que peuvent Auguste et son ministre Mécène contre le débordement général, c'est de *rappeler* leurs contemporains à la pratique *des vertus antiques* au moyen de *la littérature.* Car les hommes de génie ne leur manquent pas, et tous deux se font leurs généreux protecteurs à la condition qu'ils les aideront dans leur entreprise. Horace, Virgile, Tite-Live acceptent et s'efforcent de les seconder, sans enchaîner leur génie et leur liberté. Mais à la fin du siècle, avec les élégiaques, Ovide, Properce et Tibulle, la poésie n'est plus elle-même que l'image de la corruption universelle.

Si l'ère nouvelle est favorable à la poésie et à l'histoire, parce qu'elles peuvent concourir au bonheur de Rome, soit en rappelant les vertus antiques, soit en occupant les intelligences désœuvrées, l'*éloquence* meurt par l'impossibilité de toute discussion politique, et de vaines déclamations d'école la remplacent. Le *théâtre* est fermé à la littérature; le faste et le luxe s'en emparent pour substituer aux pièces des exhibitions de bêtes, des défilés de fantassins, de chars, etc. La *Médée* d'Ovide et le *Thyeste* de Varius ne sont que des jeux d'esprit, des œuvres destinées non plus à la scène, mais aux *salons littéraires* (Mécène, Messala Corvinus, Asinius Pollion), aux lectures publiques alors fort à la mode.

Langue et Métrique. Avec Virgile, Horace, Ovide, *la langue poétique atteint à son apogée;* elle ne recourt plus que rarement, et d'ordinaire avec beaucoup d'art, aux libertés des poètes précédents pour peindre les situations par le rythme des vers. Horace surtout l'enrichit de mètres, de rythmes, de coupes, de tours et d'expressions variés, qu'*il emprunte aux Grecs avec une sage discrétion.* L'art du distique, encore rude chez Catulle, est porté à la perfection par Tibulle, par Properce, et surtout par Ovide. La *prose,* après Cicéron, *ne saurait progresser,* tant est grande sa perfection et la délicatesse de ses nuances. Tite-Live l'applique avec bonheur à l'histoire, en lui conservant *son caractère d'ampleur et de majesté,* joint à une *merveilleuse élégance.*

Dès lors pourtant apparaissent dans la langue les signes d'une prochaine décadence. Notons en trois principaux : 1° *Sa perfection* même, inaccessible à la plupart des Romains et surtout aux hommes d'administration. Auguste ne fut-il pas le premier à briser la période dans ses Mémoires et ses édits pour le besoin de la clarté? 2° L'*emploi* trop fréquent des *hellénismes.* 3° *La recherche de l'esprit,* du *brillant, le défaut de travail* et *les réputations de salon.* (V. *Ovide.*)

POÉSIE (genres variés)

Virgile (70-19).

- **I. Biographie.**
  - P. VIRGILIUS MARO, *né à Andes*, près Mantoue (70 av. J.-C.), d'une famille aisée, reçut une éducation solide, et étudia à *Crémone*, puis à *Milan* et à *Naples*. Privé de son patrimoine (41 et 40) dans la distribution de terres faites aux vétérans par les triumvirs, il le recouvra par l'entremise puissante de *Pollion* et de *Mécène*, qui l'engagèrent à venir à Rome pour y être présenté à *Auguste*. Il s'y lia d'amitié avec *Horace*, *Varius et C. Gallus*, mais n'y resta pas longtemps; il préférait la campagne de Naples et de Tarente. Après avoir publié les BUCOLIQUES (41-38) et les GÉORGIQUES (37-30), il entreprit l'ÉNÉIDE. Il y travailla onze ans, et, voulant y mettre la dernière main, visita la Grèce et l'Asie Mineure, où se passait une partie de son poème. *A Athènes*, il rencontra Auguste, qui le ramena avec lui en Italie. Déjà malade et fatigué de la navigation, il mourut à Brindes (19 av. J.-C.) âgé de 50 ans.
  - D'une *taille élevée*, d'une *santé délicate*, d'un *extérieur simple et rustique*, Virgile avait un *caractère doux* et *mélancolique*, l'air un peu *timide* et quelquefois *embarrassé*; on l'avait surnommé *Parthénias* (la demoiselle). Il composait lentement, dictant le matin un certain nombre de vers, puis employant le reste de la journée à les polir.
- **I. Ses premiers essais.** — Le MOUCHERON, l'AIGRETTE, la CABARETIÈRE, n'ont rien de bien remarquable; mais il y a de jolis vers descriptifs dans le MORETUM.
- **II. Bucoliques.** Il les composa à 26 ans, sur les conseils de Pollion.
  - **Sujet de quelques Bucoliques.**
    - Ire Le *berger* MÉLIBÉE exhale des plaintes touchantes sur la perte de ses biens donnés à un vétéran et sur son exil. TITYRE (*Virgile*) lui raconte comment il a été protégé par le jeune dieu de Rome (*Octave*).
    - IIe MÉNALQUE et DAMON se proposent un *combat poétique*, et prennent Palémon pour juge. (*Strophes alternatives*.)
    - IVe Virgile chante sur un ton vraiment épique la *naissance prochaine d'un enfant* qui ramènera l'âge d'or.
    - IXe Virgile avait vu son patrimoine menacé une deuxième fois; son fermier MŒRIS le raconte tristement à LYCIDAS.
  - **Critique.**
    - *Sujet.* — Quelques-unes ne justifient guère leur nom de BUCOLIQUES. La IVe tient plutôt de l'*épopée*; la VIe, qui développe l'*origine du monde*, est un traité de *physique épicurienne*. Les autres, champêtres par les noms et la situation, ne le sont guère par le fond des idées et par le langage. C'est moins la vie des bergers que sa propre fortune que VIRGILE s'est proposé de peindre, en *s'inspirant* de THÉOCRITE.
    - *Caractères.* — *Ses bergers* sont d'*honnêtes citoyens*, d'habiles courtisans, qui traitent souvent de *politique* et de *critique littéraire*; ou mieux, c'est *toujours Virgile* qui pense et parle en eux et pour eux. Dès lors nul *caractère* net et tranché. GALLUS et POLLION peuvent y figurer sans avoir à rougir du voisinage du bon SILÈNE; ils ont un air de famille. De là la supériorité de THÉOCRITE.
    - *Scène.* — Le *lieu de la scène*, quoique un peu vague, représente assez bien le *territoire de Mantoue*, avec ses bois de coudriers, ses vignes sauvages, ses myrtes, ses chênes, ses saulaies, les roseaux et les peupliers du Mincio, etc. Virgile a vu tout cela; on le voit après lui, mais trop poétisé.
    - *Inspiration.* — C'est, avec la reconnaissance pour Auguste et ses protecteurs, l'impression vivement ressentie des beautés physiques de son pays natal.
    - *Langue.* — VIRGILE n'est pas encore *maître de sa langue*; les mots et les images n'ont pas toute la netteté, la précision désirables; on y sent quelque chose de vague, de mal défini.
- **III. Géorgiques.** Commencées par Virgile à l'âge de 30 ans, sur les instances de Mécène et peut-être sur le désir d'Auguste, qui voulait voir renaître l'agriculture.
  - **Analyse.**
    - Ier livre. CULTURE PROPREMENT DITE : Moissons, labourage, instruments aratoires, etc. Sur l'apparente aridité des détails s'épanouit une charmante variété de tableaux et d'effets pittoresques. C'est ainsi qu'à propos des pronostics du temps Virgile chante les prodiges qui suivirent la *mort de César*.
    - IIe livre. CULTURE DES ARBRES, surtout de la vigne et de l'olivier. On y remarque l'*éloge de l'Italie*, de son climat, de ses troupeaux, l'orgueil du Clitumne, de ses villes, de ses lacs, de sa robuste population, de ses grands hommes, et la peinture idyllique de la *vie champêtre : O fortunatos nimium*, etc., inspirés par le plus vif patriotisme.
    - IIIe livre. ÉLEVAGE DES TROUPEAUX. Ce chant, où règnent une vigueur et une précision étonnantes, particulièrement dans la *description du cheval* et des *courses de chevaux*, et dans celle des mœurs des pâtres nomades d'Afrique et de Scythie, se termine par la description de l'*épizootie* du Norique, où Virgile lutte contre THUCYDIDE et LUCRÈCE : moins *énergique* que ses devanciers, il les surpasse par la *poésie*.
    - IVe livre. LES ABEILLES. On y trouve l'épisode du *vieillard de Tarente* et celui d'*Aristée*, qui finit par la *descente d'Orphée aux enfers*.
  - **Critique.**
    - *Sources.* — Virgile a traité ce sujet d'*après les auteurs anciens*, Xénophon, Aratus, Caton et surtout Varron, avec cette différence que le *villicus* de *Virgile* n'a qu'un seul champ, bien petit, et qu'il cultive lui-même. Il appelait aussi ASCRÆUM CARMEN son poème, bien qu'il n'ait d'autre rapport avec LES TRAVAUX ET LES JOURS du poète d'Ascra que la nature du sujet.
    - *Inspiration.* — Virgile s'est inspiré avant tout de ses propres *impressions*. On sent qu'il aime passionnément la nature et qu'il s'attache à tout ce qu'il décrit; il prête pensées et désirs aux animaux et aux plantes : tout s'anime sous sa main.
    - *Style.* — Le *style* est d'*un art consommé*. Ici plus rien de lâche ni de décousu; nulle redondance; plus d'épithètes vagues et indécises, mais une *concision énergique*, jointe à la variété des tours, à la hardiesse des coupes, à une *expressive harmonie*.
- **IV. Énéide.**
  - **Sujet.** — Énée transporte en Italie les *dieux troyens*, et y fonde un royaume qui sera l'*empire romain*.
  - **But.** — C'est de *glorifier Rome* dans son fondateur.
  - **Analyse.**
    - **Ire Partie. Voyages. *Imitation de l'*ODYSSÉE.
      - **I. *Énée jeté en Afrique.*** — Énée et les Troyens, échappés aux Grecs, errent depuis sept ans à la recherche d'une patrie nouvelle et du grand empire que les dieux leur ont promis. Ils sont en face de la Sicile, quand une tempête soulevée par Junon les jette sur la côte d'Afrique. *Didon* les reçoit dans sa nouvelle cité (Carthage) eux et leur chef, amené par Vénus; elle les invite à un grand festin, et caresse dans ses bras *Cupidon*, sous les traits d'Ascagne.
      - **II. *Ruine de Troie.*** — Énée raconte à la reine « le stratagème des Grecs (cheval de bois), la ruine de « sa patrie, sa retraite avec son père sur le mont Ida ».
      - **III. *Aventures sur mer.*** — « Il équipa une flotte, et porta ses dieux pénates de la Thrace dans l'île de Délos, « puis en Crète, où il apprit que l'Italie était le terme de son voyage. Ce terme, « il allait l'atteindre, quand la tempête l'a rejeté en Afrique. »
      - **IV. *Amour de Didon.*** — Didon, éperdument amoureuse d'Énée, le fait consentir à rester près d'elle. Mais les dieux lui rappellent ses grandes destinées. Il part, et l'amante infortunée se tue de désespoir, en maudissant l'empire qu'il va fonder.
      - **V. *Énée rejeté en Sicile.*** — Énée aborde de nouveau en Sicile, où il célèbre par des jeux l'*anniversaire de la mort d'Anchise* (XXIIIe c. de l'ILIADE). Excitées par Junon, les femmes troyennes essayent de brûler les vaisseaux. Mais, sur le conseil de son père, Énée laisse là femmes et enfants, et part avec ses guerriers consulter la *sibylle de Cumes*.
      - **VI. *Descente aux enfers.*** — Le héros descend *aux enfers*, et en passant le Styx rencontre Charon et Cerbère. Il voit dans la première région, dans la *région des pleurs*, les enfants, les suppliciés innocents, les amants malheureux, et l'*ombre furieuse et désolée de Didon*; puis, dans le Tartare, les grands coupables de la Fable. Aux *Champs Élysées*, Anchise lui découvre les *destins et sa glorieuse lignée* (Romulus, Auguste, *Marcellus*).
    - **IIe Partie. Combats. *Imitation de l'*ILIADE.
      - **VII. *Arrivée dans le Latium.*** — Les Troyens, arrivés à l'embouchure du Tibre, députent vers *Latinus*, roi du pays, dont la fille, *Lavinie*, doit, d'après un oracle, épouser un étranger. *Latinus* reçoit amicalement leurs ambassadeurs; mais *Alecto*, envoyée par Junon, excite la colère de la reine *Amata*, puis du jeune *Turnus*, fiancé de *Lavinie*; en sorte que, Ascagne ayant tué à la chasse un cerf apprivoisé, tout le pays se soulève contre les Troyens.
      - **VIII. *Énée chez Évandre. Les armes.*** — Averti par le Tibre, Énée se rend chez le roi Évandre (à l'endroit où Rome s'élèvera plus tard), et ramène le fils du roi, *Pallas*, avec quatre cents Arcadiens. *Vénus* lui apporte *des armes forgées par Vulcain*. Sur le bouclier sont ciselées les *phases principales de l'histoire de Rome* (la Louve, les Sabines, Manlius, les Gaulois, César et Pompée, Actium).
      - **IX. *Attaque du camp troyen.*** — En l'absence d'Énée, Turnus attaque le camp troyen, et essaye de brûler les vaisseaux, qui sont changés en nymphes. *Nisus* et *Euryale* périssent en essayant d'aller avertir Énée. Turnus, enfermé un instant dans le camp, se jette du rempart dans le Tibre.
      - **X. *Retour d'Énée. Pallas, Mézence.*** — Dans l'Olympe, Vénus et Junon se querellent, mais Jupiter impose aux dieux la neutralité. Énée, de retour, engage un combat où tombent *Pallas* et le jeune *Lausus*, suivi bientôt par son père, l'impie *Mézence*.
      - **XI. *Trêve. Camille.*** — On profite d'*une trêve pour enterrer les morts :* puis les Latins tiennent conseil. Bientôt se livre un nouveau *combat de cavalerie*, où l'*amazone Camille* s'illustre et trouve la mort.
      - **XII. *Lutte suprême.*** — Énée et Turnus *doivent lutter* l'un contre l'autre, mais les Latins violent le traité conclu. De là un *nouveau combat*, où *Énée* joint Turnus et le tue.

POÉSIE (genres variés)

Virgile (70-19). — CRITIQUE DE L'ÉNÉIDE

Nature du poème. Le poème de Virgile, vu l'époque où il parut, ne pouvait être une de ces *épopées primitives* qui éclosent dans l'imagination d'un peuple enfant, pour être fixées plus tard par quelque génie. L'Énéide est une œuvre *individuelle et d'imitation;* rien d'improvisé, rien de spontané, tout est pesé, calculé; tout est le fruit de la méditation et de l'étude, les *faits* aussi bien que la *langue*.

Sujet. Le sujet que le poète a choisi est *grand et national.* Car l'établissement des Troyens en Italie intéressait l'histoire de Rome, et même des familles particulières, qui faisaient remonter leur origine jusqu'aux Troyens. Il permet en outre au poète de *développer les antiquités latines* et de *prédire les exploits futurs* des descendants d'Énée. A côté des souvenirs frappants, des allusions directes (v. VIe et VIIIe livre), que de réminiscences qui charmaient au passage les contemporains du poète? Ces bœufs de choix, *eximios tauros*, ce gâteau fait d'un blé consacré, *farre pio*, ce cri de Cymodocée à Énée endormi : « Æneа, vigila! » tout cela et bien d'autres choses ne rappelaient-ils pas des rites ou des usages romains?

Sources et emprunts.
1° Les *traditions indigènes* des peuples du Latium, leur religion, leurs mœurs, fournissaient à Virgile une matière riche et neuve (v. c. VIIIe, Énée chez Évandre), qu'il a étudiée avec le plus grand soin. Il n'est pas un mythe, pas un usage, pas un trait de la vieille Italie qu'il n'ait saisi en archéologue et exprimé en poète.
2° Les ouvrages d'*Homère* et des *Cycliques* lui donnaient des détails multipliés sur les légendes de la guerre de Troie. Là tout était tracé, caractères, aventures, dieux et héros. *Aussi y puisa-t-il largement.* Tempêtes, descriptions, comparaisons, images, sont souvent autant d'emprunts faits à *Homère*, aux *Cycliques*, ou même à *Pindare, Eschyle, Sophocle, Euripide*, etc., *Ennius* ou *Lucrèce*.

Plan. L'unité de composition n'est *point parfaite*. Les quatre premiers livres sont un brillant épisode qui ne tourne point à l'honneur du personnage principal et n'est point assez rattaché à l'histoire de Rome; et l'on arrive au VIIe, sans que l'action ni l'intérêt aient marché d'une manière sensible. La seconde partie renferme des épisodes touchants et gracieux, mais le mouvement en avant, l'agrandissement continu de l'action et de l'intérêt y fait défaut.

Originalité.
- 1° *Inspiration patriotique.* L'Énéide n'est ni un *pastiche* d'Homère ni une *compilation* d'érudit. Le poète s'est *assimilé* tous les emprunts qu'il a faits, et avec un art si parfait, qu'on chercherait vainement les sutures. Fortement pénétré de son sujet, il écrit d'*inspiration;* et le souffle qui *anime et vivifie* son œuvre c'est l'*amour de Rome*, amour qui reparaît partout et sous toutes les formes.
- 2° *Délicatesse.* Elle répand des grâces sur tous les récits et sur toutes les figures.
- 3° *Peinture des sentiments de l'âme.* Nul n'a mieux exprimé les passions et surtout les affections tendres (piété, amour, pitié). Virgile nous plaît et nous remue le cœur par une *tendresse* qu'il devait à sa nature et par une *mélancolie* qui prit sans doute son origine dans les malheurs de sa jeunesse et que développa son amour de la solitude.

Dieux. Virgile a emprunté à Homère son *bagage mythologique*, noms et caractères, mais en le modifiant profondément et en le rendant plus conforme aux notions philosophiques. Avec lui les dieux ont subi une *transformation morale*. Ils ne sont plus, comme dans Homère, mêlés sans cesse à l'action, se battant, se disputant entre eux, et respectant assez peu les bonnes mœurs. Vénus elle-même, tout en restant belle et aimante, apparaît désormais sous les dehors plus vertueux et plus honorables d'une mère tendre et dévouée.
Quant aux dieux du Latium, l'imagination romaine les avait laissés très prosaïques; Virgile n'a pas réussi à en faire des types vivants.

Héros et héroïnes. Virgile *réussit surtout dans la peinture des femmes*.

Énée héros principal.
- 1° Caractère. Énée n'est ni un Achille ni un Ulysse, mais un homme qui se sait appelé par les dieux à fonder un empire, et qui a toutes les qualités du peuple qui doit sortir de lui. *Calme* et *froid*, il rappelle ces Romains calculateurs et positifs, qui sont grands par le bon sens plus que par le cœur. *Docile aux ordres de la divinité, qu'il consulte sans cesse,* il ressemble à ces généraux qui n'osaient livrer bataille si les présages étaient contraires. Sur ce fonds tout romain, qui est l'âme de son héros, Virgile a répandu toutes les qualités morales qui pouvaient s'y adapter : l'*affection* pour les siens, il aime son père et son fils avec passion; l'*humanité*, la bonté fait comme le fond de son cœur, il pleure l'ennemi qu'il a vaincu et terrassé, il a des mots touchants sur la fragilité des choses humaines.
- 2° Explications de ce caractère.
  - 1° Le but du poème étant non de conquérir l'Italie, mais d'y apporter une religion nouvelle, *Énée est l'homme du destin* qui doit s'effacer pour faire mieux ressortir l'action divine. (Boissier.)
  - 2° Énée serait le *portrait d'Auguste* reniant les souvenirs d'Octave et du triumvirat, relevant les temples, restaurant le culte, faisant tous ses efforts pour donner à son usurpation le caractère pacificateur d'une consécration divine. (M. Pierron.)
  - 3° Énée représenterait le *Pater indiges*, la divinité du foyer domestique chez les Latins. (M. Benoît.)

N. B. Ces explications nous font comprendre l'intérêt que les Romains pouvaient trouver dans ce héros; il n'en est pas moins vrai que pour nous Didon, dans les premiers livres, et Turnus dans les derniers, ont toute notre sympathie.

Turnus. *Turnus*, plus vivant que son rival et plus intéressant, rappelle *Achille* par sa générosité et par la vaillance avec laquelle il affronte les dangers, *Hector* par l'énergie patriotique avec laquelle il défend son pays et sa fiancée contre l'étranger envahisseur, et, comme ce dernier, il périt victime de son dévouement à l'honneur et au devoir.

Mézence. Tyran barbare, guerrier farouche, en même temps que père plein de tendresse, *Mézence* est une création originale et fermement esquissée, que Virgile ne doit qu'à lui-même.

Évandre. *Évandre* se distingue par sa dignité patriarcale.

Lausus et Pallas. *Pallas* et *Lausus* se ressemblent par la jeunesse, la bravoure, leur aimable caractère, leur fin prématurée. Le premier semble vouloir, par sa piété filiale, faire oublier à *Mézence*, son père, la haine dont il est l'objet; il meurt victime de son amour. Le second nous intéresse par son courage, par l'affection qu'il inspire à tous, par la douleur que sa mort glorieuse et anticipée cause à Évandre son vieux père.

Nisus et Euryale. Rien de plus touchant que l'amitié et le dévouement de ces deux jeunes gens, qui offrent de traverser le camp des Rutules et d'aller trouver Énée. Le désespoir de *Nisus* quand il ne voit plus *Euryale*, sa fureur en le retrouvant aux mains de l'ennemi, son acharnement à poursuivre Volscens, sa mort enfin : tout cela est d'un pathétique qui n'a d'égal que les plaintes de la mère d'Euryale, apercevant du haut des murailles les restes de son malheureux fils.

Didon. C'est une figure toute virgilienne, composée de dignité et de passion, de fierté royale et d'abandon, la peinture d'une âme en proie à la lutte, aux remords, au désespoir.

Camille. *Camille*, jeune et charmante amazone, plaît par son audace intrépide, sa fierté originale; elle touche par sa fin cruelle.

Andromaque. *Andromaque* reste le type de l'épouse aimante et désolée, qui a subi les outrages du vainqueur.

Amate. *Amate* est un caractère violent et un cœur tendre.

Latinus et Lavinie. *Latinus* et *Lavinie* surtout, sur qui repose l'intérêt de la seconde partie, sont par trop effacés.

Autres personnages. Quant aux personnages secondaires, compagnons d'Énée et de Turnus, ce ne sont que des noms distingués les uns des autres par des épithètes : v. g. le *fidèle Achate*, le *fier Gyas*.

Style. Le *style* de l'Énéide est toujours en *harmonie parfaite* avec les idées, et fait presque toujours image : doux et mélancolique, mâle et énergique, plein de chaleur, de vie, de passion, animé d'un souffle puissant, digne d'Homère et de Sophocle, suivant la nature du sujet.
L'hexamètre latin, encore raide après Lucrèce et Catulle, s'est assoupli entre les mains de Virgile. Personne mieux que lui n'a su *varier* le *rythme* et la *cadence*.

Jugements. Virgile, qui n'avait pu achever son œuvre, *voulait la détruire*. Ses contemporains n'en jugèrent pas comme lui, et mirent l'Énéide sur le rang des poèmes d'Homère. Avant son apparition, Properce disait : *Nescio quid majus nascitur Iliade.* Ovide, Silius Italicus, Stace partagèrent le même enthousiasme.
Au moyen âge, Virgile devint l'objet d'un culte presque divin. On entoura sa vie de légendes, le nom de sa mère, *Magia* ou *Maia* Polla, y prêtait; on en fit un prophète (IVe Bucolique appliquée à N.-S.). Jusqu'au XIXe siècle, l'*art admirable de la composition*, la *perfection des détails* et le *charme du style* lui continuèrent la même faveur, aux dépens d'Homère, dont on connaissait bien moins la langue. Des études *plus sérieuses et plus justes* sur la nature de l'épopée, les conditions de nationalité et de foi qu'elle exige, l'amour du naturel et de la simplicité antique, ont fait à notre époque mettre l'Énéide *au deuxième rang*, après les grandes épopées homériques.

POÉSIE (genres variés)

Horace (69-8).

BIOGRAPHIE

QUINTUS HORATIUS FLACCUS *naquit à Venouse* (69), petite ville située dans une contrée entourée de montagnes et arrosée par des ruisseaux tributaires de l'Aufide, sur les confins de l'Apulie et de la Lucanie. Son père, simple affranchi, employa toute sa fortune à lui faire donner une *excellente éducation*. Il le conduisit à Rome à l'âge de 12 ans, et le fit élever sous le martinet d'*Orbilius*, avec autant de soin que les fils des chevaliers et des sénateurs, mais en le gardant de leur corruption. A 16 ans, Horace prit la robe virile et se rendit à Athènes, où il étudiait avec les fils des plus nobles familles, quand, après le meurtre de César, Brutus vint y chercher des soutiens à la cause républicaine. Le jeune homme se laissa séduire, et, nommé tribun militaire, il combattit à *Philippes*, où il jeta son bouclier pour mieux fuir. De retour à Rome, humble et déplumé, « *decisis humilem pennis,* » il vit son patrimoine confisqué, et dut se faire scribe de questeur, puis composer des vers (*Satires* et *Epodes*). Ces vers le firent connaître successivement de *Virgile*, de *Mécène*, et par Mécène d'*Auguste* lui-même. Comblé de bienfaits (une campagne dans la Sabine), il sut témoigner sa gratitude à ses illustres protecteurs sans rien sacrifier de sa liberté et de son indépendance. Il avait promis à Mécène de le suivre au tombeau : il tint parole, et mourut à Rome, le 27 novembre de l'an 8 avant J.-C. Voici l'ordre de composition de ses ouvrages : SATIRES, EPODES, ODES et ÉPITRES.

Le caractère d'Horace se peint dans ses œuvres, qui sont le portrait vivant de ses *qualités et de ses défauts*.

Lui-même nous apprend qu'il était de petite taille, gros et replet; qu'il avait mal aux yeux et à l'estomac.

Au moral, il nous parle de sa paresse, de son amour de la bonne chère, et ne voile pas même des défauts plus graves. Il sut pourtant établir le *juste milieu* comme règle de sa vie : sa *fortune était médiocre*, il ne chercha point à l'augmenter. *En politique*, il admit le principat d'Auguste, tout en parlant volontiers de Brutus. Incrédule en fait *de religion*, il se garda bien de professer l'athéisme. La critique des EPITRES nous montrera quelles furent ses opinions littéraires.

I. ŒUVRES LYRIQUES

Imitées surtout des poètes *éoliens* auxquels Horace emprunte :

1° Des *mètres* ;
2° Des sujets et des pensées ;
3° Des ODES entières.

La poésie dorienne, qui chantait les *jeux* et les *héros grecs*, était trop nationale pour être imitée.

I. ODES (4 livres). Triple inspiration :

I. BILLETS, INVITATIONS, QUERELLES D'AMOUR, DÉPITS AIMABLES.

- Liv. I, 17. — Cher Mécène, tu boiras dans de modestes coupes ce petit vin de la Sabine, que je cachetai le jour où tu reçus au théâtre ces glorieux applaudissements, etc.

II. AMOUR, AMITIÉ, DOUCE PHILOSOPHIE.

- Liv. I, 4. — Le printemps renaît avec ses plaisirs et ses jeux; la vie est courte : couronnons-nous de myrte, et livrons-nous au plaisir.
- Liv. I, 9. — La neige blanchit les monts, les branches plient sous le givre : prodigue le bois à ton foyer, verse plus libéralement le vin, et jouis de chaque jour sans t'occuper du lendemain.
- Liv. II, 14. — Pourquoi m'attrister par tes plaintes, ô Mécène? nous mourrons ensemble; que deviendrais-je si le trépas trop prompt, enlevant la moitié de mon âme...? etc.

III. GRANDS SUJETS NATIONAUX, AUGUSTE, FAMILLE, RELIGION, MŒURS.

- Liv. I, 29. — Réjouissons-nous, il n'est plus le temps où la reine d'Orient menaçait le Capitole. Un seul de ses navires a pu s'enfuir, timide comme la colombe devant le vautour. Elle a pourtant osé, faible femme, prendre le glaive et toucher un serpent. Plutôt que de se voir traîner au char triomphateur, elle a fait couler dans ses veines un odieux poison.
- Liv. III, 5. — Jupiter règne aux cieux, Auguste sur la terre, et sous leur empire le soldat romain s'unit aux Parthes! Rome est debout, et ils se font esclaves d'un roi des Mèdes! Ah! Régulus l'avait prévu! Il ne voulait pas qu'on rachetât les lâches : la laine teinte ne retrouve point la blancheur, ni les peureux le courage. On dit que ce héros, repoussant sa femme et ses enfants, l'œil fixé à terre, entraîna le vote du sénat, et partit pour Carthage, tranquille comme s'il se rendait à sa villa.
- Liv. III, 17. — C'est en vain, ô Romains, que vous poussez vos constructions jusque dans la mer. La mort viendra pour vous inévitable. Plus heureux le Gète et le Scythe! Ils n'ont point d'épouses orgueilleuses de leur dot, fières de leurs adultères. Qui guérira nos maux? La pauvreté est une honte et se jette dans le crime. Allons! portons au Capitole l'or et les pierreries, et retrempons notre âme dans le travail. Voyez le jeune Romain, il n'a plus le courage même d'aller à la chasse; les jeux des Grecs, les dés, voilà son occupation, pendant que son père, trompant ses amis, ses associés et ses hôtes, acquiert par le crime d'odieuses richesses pour cet indigne héritier.

Le IVe livre est presque tout entier dans ce genre élevé et patriotique.

Critique.

C'est dans les ODES *du premier et du second genre* que se déploie *tout le talent d'Horace. Grâce, légèreté, enjouement, images délicates, pensées ingénieuses* y brillent partout; on sent que le poète parle du cœur. Dans les secondes surtout, il excelle à peindre les joies du printemps et les tristesses de l'hiver, le spectacle de la nature, les bois, les ruisseaux, etc.; à dessiner des paysages harmonieux; à chanter l'amour du plaisir et de la passion satisfaite.

Parmi les troisièmes, il en est de *vraiment patriotiques et inspirées* : ce sont celles où l'amour de la patrie et la fierté romaine revivent dans toute leur force et dans leur pleine franchise, c'est-à-dire les ODES NATIONALES. Quant aux ODES RELIGIEUSES, elles sont plutôt des œuvres d'esprit que de foi convaincue. Trop souvent on y sent le *manque de foi* dans cette religion que prêche le poète et dans ces vertus antiques qu'il pratiquait si peu. Les unes et les autres se terminent presque toujours d'une manière *froide* ou *badine* : Horace semble se lasser vite du ton sérieux.

Jamais, du reste, le poète latin n'a l'*inspiration violente*, le *vigoureux coup d'aile d'Alcée, de Sapho*, ni surtout *de Pindare*.

Horace peut lutter avec ses modèles pour la *métrique*. Sa *phrase* claire, malgré des entrecroisements de mots et d'idées qui ressemblent à de gracieuses arabesques, est bien coupée, la ponctuation est habilement variée, et le repos tombe d'ordinaire sur une pensée heureuse. Sa *langue* est pleine et solide, précise et fine : là encore Horace emprunte aux Grecs une foule d'*images* et d'*expressions*, mais il sait leur donner une valeur nouvelle et personnelle.

Horace a ses défauts : des phrases et des particules prosaïques, des idées et des images peu délicates.

II. EPODES (1 livre).

On appelle ainsi des ODES écrites en *distiques* de systèmes variés, mais dont l'un des vers est toujours iambique. C'est avec les SATIRES la première œuvre d'Horace. Les sujets sont à peu près les mêmes que ceux des ODES, mais avec *une nuance satirique* assez prononcée. A l'imitation d'*Archiloque*, HORACE s'attaque à des individus déterminés : c'est ainsi qu'il fustige un *parvenu au luxe scandaleux*, un *lâche insulteur*, une *vieille sorcière*; d'autres fois la satire se déguise sous une charmante ironie, comme dans la *peinture de la vie des champs*, ou disparaît complètement, v. g. quand le poète déplore la fureur des *guerres civiles*, ou fait éclater sa *joie du triomphe définitif d'Octave*.

III. CARMEN SÆCULARE

Cet hymne à Diane et Apollon devait être chanté dans les jeux séculaires par un chœur de jeunes gens et de jeunes filles.

POÉSIE (genres variés)

Horace (65-8).

- **SERMONES**

  Causeries sans ordre, mais pleines de vie et de gaieté, écrites dans un vers fait à l'image de la pensée, souple, vif, plus spirituel qu'harmonieux, sacrifiant la prosodie à la fantaisie et au pittoresque.

  - **I. Satires**

    Deux livres renfermant, le premier, dix satires, le second, huit, dont six dialogues.

    - **1° Satire philosophique et générale**
      - Liv. I, 1. — Quelle sottise de se donner tant de mal pour entasser des richesses dont on n'use pas!
      - Liv. I, 3. — Qu'ils sont ridicules ces gens qui voient tous les défauts d'autrui et ne s'occupent point des leurs!
      - Liv. I, 6. — La vraie noblesse ne consiste point dans un grand nom souillé par des vices. Pour lui, fils de simple affranchi, il n'en a pas moins mérité l'amitié de Mécène. *Ici, dans des vers pleins d'émotion, il rend l'hommage le plus sincère au dévouement et aux vertus de son père.*
    - **2° Récit d'une aventure ridicule**
      - Liv. I, 9. — Rencontre d'un bavard fâcheux.
      - Liv. II, 8. — Repas ridicule chez un riche vantard. (*Régnier, Boileau.*)
    - **3° Satire personnelle et littéraire**
      - Liv. I, 4. — La satire est permise : pourquoi ne rirais-je pas des gens ridicules ?
      - Liv. I, 10. — La gloire de *Lucilius*, qu'on m'objecte toujours, est loin d'être pure. *Il fait les vers à la centaine; il mêle le grec au latin;* belle louange! D'ailleurs, j'ai pour moi l'approbation de Mécène.
      - Liv. II, 1. — Dois-je renoncer à la satire? Non, j'en use pour me défendre. Si l'on m'accuse, eh bien! je ferai rire mes juges.
    - **Critique.** — Horace n'a point l'*indignation virulente* de Juvénal, ni la *rudesse mordante* de Lucilius : il ne montre point contre le vice ces *haines vigoureuses;* il ne s'en prend guère qu'aux ridicules d'une société raffinée et polie, qu'il raille, mais gaiement et poliment. *Vivre heureux* dans une douce *médiocrité*, *éviter les excès* qui peuvent faire rire de soi ou être nuisibles, telle est la morale assez facile des satires, qui représentent, du reste, la *société romaine dans son train ordinaire*, vivante, agissante, avec le pêle-mêle des personnes et des choses, les embarras, le tumulte, les scènes changeantes de la rue.

  - **II. Épîtres** (Deux livres).
    - **Ier livre.** (Vingt épîtres).
      - Ép. 1. — « Je veux me livrer à la philosophie, au moins m'amender un peu, » écrit-il à Mécène.
      - Ép. 7. — Il s'excuse auprès de son protecteur de ne pas quitter sa campagne. S'il faut (comme *la souris dans le grenier*) rendre tous vos présents pour garder ma liberté, eh bien, je ne veux point commettre la sottise de Ména. (Le Savetier et le Financier.)
      - Ép. 10. — La vie des champs est la plus douce, la plus heureuse, la plus naturelle. Elle a de si vifs attraits que les hommes ont essayé de transporter la verdure et les arbres au milieu de leurs villes. (Boileau : Épître a Lamoignon.)
      - Ép. 19. — Il se venge de ses ennemis jaloux : il n'est point, lui, du *servum pecus* d'imitateurs.
      - Ép. 20. — Horace gourmande son livre, trop pressé de se voir mis en vente bien relié chez les Sosie. Il lui prédit fort agréablement les différents sorts qui l'attendent. (Boileau : Épître a ses vers.)
    - **IIe livre.** (Trois épîtres, toutes littéraires).
      - Ép. 1. — S'adressant à Auguste, Horace raille la manie de n'admirer que les anciens. Quand donc est-on ancien? Il attaque avec le ton d'un homme un peu dépité les partisans fanatiques des Ennius, Nævius et Pacuvius. Il ne pardonne pas davantage au mauvais goût du public, qui a fait du théâtre une exhibition de bêtes et de soldats.
      - Ép. 2. — Le poète s'excuse, en badinant, de ne pas écrire. Il est paresseux, il est riche, et puis il vit dans le tourbillon de Rome. Il finit par faire à son ami Florus une longue leçon de morale.
    - **Critique.**
      - Horace donne dans ses Épîtres des préceptes, non pas de haute sagesse, mais de *cette science pratique* qui évite *tout excès* et se maintient *dans le bon ton.* De là tant de morceaux ravissants sur la justice, la fidélité, la frugalité, etc.
      - Au point de vue littéraire, le poète ne cache point son *dépit* de *voir prôner encore l'ancienne littérature romaine.* On est sot d'admirer Plaute; Lucilius est bourbeux; Lucrèce et Catulle ne sont même pas nommés.
      - Œuvre de l'âge mûr, les Épîtres sont *supérieures aux* Satires. Dédiées à des personnes déterminées et non plus au public, elles sont moins *agressives*, et contiennent moins de personnalités. Les *idées* sont mieux *enchaînées;* le *plan* est plus *net*, la *versification* plus *soignée.*
    - **Troisième épître du IIe livre Ad Pisones.** On l'a nommée ART POÉTIQUE parce qu'elle renferme de nombreux conseils sur la poésie.
      - **1° Poème en général.**
        - Sujet.
          - Que le sujet soit *un* et non un assemblage de parties incohérentes.
          - Qu'il soit *proportionné* aux forces du poète.
        - Élocution.
          - Les *mots* peuvent quelquefois être créés, ou renouvelés par des alliances neuves; mais l'usage est le maître souverain du langage.
          - Les *mètres* ont chacun leur caractère, qu'il faut savoir employer à propos (mètre épique, élégiaque, lyrique, dramatique).
        - Caractères. — Si vous prenez des caractères tracés d'avance, conservez leur nature : Achille bouillant, Médée fière et cruelle.
      - **2° Épopée et tragédie.**
        - Dans l'*épopée*, imitez Homère, dont le début est simple, la marche vive et lumineuse.
        - Dans la *tragédie*, observez aussi les caractères, et surtout les mœurs, si variables suivant les âges (4) et les conditions.
        - Après avoir indiqué le rôle du *chœur*, la nature et les qualités du drame satyrique, Horace fait l'historique un peu fantaisiste (*Tombereau* de Thespis) de la tragédie et de la comédie.
      - **3° Formation du poète.**
        - La *raison éclairée* par la philosophie est le *fondement nécessaire* de toute œuvre sérieuse. Mais le Romain n'a de goût que pour les affaires. La poésie cependant ne souffre pas la médiocrité.
        - Un *critique sévère* est absolument nécessaire. Rien de plus absurde que la manie de ces poètes qui nous écorchent les oreilles de la lecture de leurs vers.
      - **Critique.**
        - 1° C'est une *conversation.* — Cette Épître, dont on a fait un art poétique, n'est point un traité didactique. Comme les autres lettres, c'est une *conversation piquante, sensée, écrite sans ordre méthodique.* Il est nécessaire pour bien l'apprécier de se placer à ce point de vue; autrement on reprocherait à son auteur de se répéter souvent, et de s'étendre démesurément sur la tragédie. Horace n'a voulu faire qu'une Épître aux Pisons.
        - 2° But. — L'insistance du poète sur les difficultés de la poésie, et en particulier sur celles de la tragédie, semble justifier l'hypothèse d'après laquelle il aurait entrepris de *détourner du théâtre l'un des jeunes Pisons.*
        - 3° Erreur. — Il commet une erreur accréditée chez nous par Boileau, en attribuant l'origine de la tragédie au *Tombereau* de Thespis; elle est née du dithyrambe chanté autour de l'autel de Bacchus.

  - **Fables d'*Horace*, semées dans ses Satires et ses Épîtres.**
    - Le *Rat de ville et le Rat des champs*, (Sat. II, 6) est un récit plus dramatique que celui de la Fontaine.
    - La *Souris engraissée dans le grenier*, (Ép. I, 7) exprime fort bien l'amour du poète pour la liberté.
    - *Philippe et Ména*, dans la même épître, nous montre avec autant de vie que le Savetier et le Financier les *tourments des richesses* et la joie d'une fortune médiocre.
    - L'épître Xe du Ier livre contient une allusion à la fable des Deux Pigeons, et le germe de l'apologue du Cheval et du Cerf, emprunté à Stésichore.
    - Ces apologues et d'autres donnent au *bon* Horace un trait de ressemblance de plus avec notre *bon* la Fontaine.

POÉSIE (genres variés)

Ovide (43 av. J.-C.-17 ap. J.-C.).

- BIOGRAPHIE
  - *Né à Sulmone* (43 av. J.-C.), PUBLIUS OVIDIUS NASO reçut une *brillante éducation*. Les honneurs où on le poussa malgré lui ne purent étouffer le *penchant invincible* qu'il éprouvait pour la poésie. Déjà sur le seuil du sénat, il dit adieu à la politique pour se livrer à la muse et à ses œuvres. Fêté, admiré par toute la société brillante et corrompue qui l'entourait, il en *devint le roi*, comme il en est resté pour nous le plus parfait représentant. Mais un jour, au milieu de sa plus grande fortune, il *dut quitter Rome* et s'exiler à *Tomes* sur le Pont-Euxin (9 ap. J.-C.). L'empereur alléguait la *licence de ses écrits*, qui furent en effet enlevés des bibliothèques publiques. Ce motif n'a *rien de plausible;* car on en laissait d'autres bien autrement éhontés. Ovide avait-il été témoin de quelque désordre impérial qu'il aurait révélé, ou fut-il victime avec d'autres puissants amis de l'ambition de Tibère? Le mystère n'a pas encore été éclairci. *Poète de salon et de cour*, Ovide ne sut *pas supporter* son infortune avec courage et dignité. Tant que vécut Auguste, il le supplia et mit en jeu toutes les flatteries pour obtenir son retour, mais en vain. Une fois Tibère monté sur le trône, il se borna à demander un changement qu'on lui refusa. Il mourut à Tomes (17 ap. J.-C.).
- ŒUVRES
  - I. ŒUVRES DE JEUNESSE
    - AMOURS (*dist.*). — *Peinture licencieuse d'un amour corrompu*, ce poème est peut-être un portrait trop exact des mœurs du temps et du poète.
    - HÉROÏDES (*dist.*). — C'est un recueil de *prétendues lettres écrites* par des héroïnes de l'antiquité à leur époux ou à leur amant absent : PÉNÉLOPE A ULYSSE, PHÈDRE A HYPPOLYTE, etc. Malgré l'esprit et la variété de tour, un tel sujet ne pouvait manquer de devenir *banal et monotone :* il y manque le cœur, la vérité du sentiment.
    - ART D'AIMER (*dist.*). — Le poète n'enseigne guère que l'*art du libertinage et de la corruption.*
    - REMÈDE D'AMOUR (*dist.*). — Contre-partie du précédent, ce livre n'est guère plus chaste.
  - II. ŒUVRES SÉRIEUSES
    - MÉTAMORPHOSES (*hexamètres*).
      - Sujet. — C'est le *récit épique des métamorphoses*, ou changements de personnages de l'antiquité en animal, plante, fleuve, rocher, depuis l'origine du monde jusqu'à César. Chacun des *quinze livres* contient l'histoire de *trois ou quatre métamorphoses*, empruntées le plus souvent aux Grecs, principalement à Nicandre et à Parthénios. Les épisodes de PHAETON, d'HÉCUBE, d'ÉCHO, de NARCISSE, de DÉDALE ET ICARE, de PHILÉMON ET BAUCIS sont les plus célèbres.
      - Critique. — Les uns veulent voir dans cet ouvrage *un poème* d'un *ensemble majestueux* (la Harpe, Pierron); d'autres trouvent le plan tout à fait *bizarre et monotone* (P. Albert). Il nous semble 1° que l'œuvre n'est *point animée* par ce véritable *souffle épique* qui fait l'unité des grandes œuvres; c'est plutôt *un recueil de légendes*, cousues ensemble avec habileté, mais toujours d'une manière factice; 2° que chacune des métamorphoses est racontée avec beaucoup de *talent*, de *facilité*, et quelquefois d'*éclat* et même de *véhémence*. C'est à peine si quelques redondances et négligences de style, quelques traits d'un goût douteux, déparent ce fin tissu de broderies charmantes.
    - FASTES (*dist.*). — Ovide chante l'*origine des coutumes et des fêtes du calendrier romain*. Nous n'avons que les six premiers livres de cet ouvrage; les six autres ont disparu depuis le IVe siècle. On y sent trop le *manque de foi;* mais c'est une source précieuse pour la connaissance des anciennes religions de l'Italie.
  - III. ŒUVRES DE L'EXIL
    - TRISTES (*dist.*). — Élégies *mélancoliques et plaintives* que le poète s'adresse à lui-même : on connaît surtout celle où il peint la dernière nuit qu'il passa à Rome.
    - PONTIQUES (*dist.*). — Plaintes et prières, effusions de tristesse adressées du Pont à ses amis.
    - Critique. — Ces doléances ont un accent de sincérité incontestable qui fait excuser la monotonie du sujet. Mais le poète s'occupe beaucoup trop de mettre *sa douleur en beaux vers*, et d'ailleurs il y montre une *bassesse déplorable*. S'il demande à revenir à Rome, c'est pour *mieux chanter Auguste*, ou dans la crainte que ses *vers* ne deviennent *bien durs*, si loin des hommes de bon goût.
- Critique.
  - 1° Qualités. — Ovide était doué d'une *nature riche et facile*, d'une *brillante imagination*. La muse le poursuivait partout : *quidquid tentabam dicere versus erat.* Cette facilité se reflète dans toutes ses œuvres : jamais personne ne sut mieux que lui varier *un sujet monotone* et embellir *un thème aride*.
  - 2° Défauts.
    - 1° Il *fut trop bien de son époque :* homme de salon, cœur corrompu, il manque d'inspiration patriotique, religieuse et même personnelle (PONTIQUES).
    - 2° Il ne sut jamais s'astreindre *à travailler* sa composition ni son style.

POÉSIE ÉLÉGIAQUE

Caractère. — L'élégie romaine a un caractère sensuel et libertin et tourne dans un cercle assez monotone.

Tibulle (54?-19 av. J.-C.).

- BIOGRAPHIE — ALBIUS TIBULLUS était de l'ordre équestre. Après avoir suivi à la guerre Messala Corvinus, dont il fit un panégyrique assez médiocre, il vécut à Rome dans l'intimité des grands poètes de son époque.
- ŒUVRE — Ses *quatre livres d'*ÉLÉGIES sont la *peinture de ses amours* volages et licencieuses; il y montre un goût passionné pour la *nature* et les *champs;* il a la foi naïve des paysans, il s'associe à leur culte.
- Critique. — *Beau, délicat, mélancolique*, Tibulle était *tout sentiment;* sa poésie ressemble à sa personne, elle est *languissante et sans vie*. Tibulle n'a d'énergie ni en amour ni en poésie. « *Amour dictait les vers que soupirait Tibulle.* »

Properce (49?-15?)

- BIOGRAPHIE — SEXTUS AURELIUS PROPERTIUS, né en 52, vécut dans la même société que Tibulle. Son père avait été victime d'Octave, ce qui ne l'empêcha point de louer à outrance Auguste.
- ŒUVRES — Poète *exclusivement érotique*, il a composé quatre livres d'ÉLÉGIES *aussi licencieuses que celles de* Tibulle.
- Critique. — Avec plus *de force et d'énergie*, Properce le cède à Tibulle *en grâce et en légèreté;* son vers, ordinairement plein, sonore, bien coupé, est parfois *lourd et obscur*. On y voit *trop souvent l'imitation des Alexandrins*, et l'érudition mythologique s'y fait sentir dans des comparaisons et allusions trop multipliées.

Cornelius Gallus (69-26). — Virgile, Ovide et Properce ont beaucoup loué ses ÉLÉGIES.

FABLE

Phèdre (Ier siècle).

- APERÇU BIOGRAPHIQUE — Tout ce que nous savons de la vie de Phèdre est contenu dans son petit ouvrage. Il se dit *né en Piérie* (peut-être par métaphore, la Piérie étant la patrie des Muses), et affranchi d'Auguste. Poursuivi sous Tibère *par le ministre Séjan* et par d'autres ennemis encore, pour de *malignes allusions* dans ses fables, il vit néanmoins les règnes de Caligula et de Claude, sans qu'on sache la date de sa mort.
- ŒUVRES — Son ouvrage (90 *fables en vers ïambiques sénaires, divisées en cinq livres*) semble avoir été à peu près inconnu des contemporains du poète. Seul, Martial parle des *jeux malins de Phèdre*. Puis il faut descendre jusqu'au règne de Théodore pour entendre *Avienus* parler de PHÈDRE comme fabuliste. Au Ve siècle, un certain *Romulus* délaye en prose une quarantaine de ces fables, et les fait accepter sous son nom de tout le moyen âge. A la renaissance, l'archevêque *Pérotti* fait un extrait d'un véritable manuscrit, mais y intercale malheureusement ses propres vers. Enfin, en 1596, *P. Pithou* en publie une édition complète et sûre, d'après un vrai manuscrit retrouvé par son frère François.
- Critique.
  - Qualités. — PHÈDRE a *beaucoup* d'art; il sait bien *exposer sa fable* et va droit à son but; il est *clair et bref*. Sa langue est *délicate et pure;* on y sent déjà pourtant une décadence, dont un premier symptôme est l'abus des mots abstraits. V. g. *longitudo colli*, *calamitas*, *brevitas*, etc.
  - Défauts. — On reproche à ses personnages de n'*être pas vivants*. Ils ne se meuvent point comme ceux de la Fontaine; ils ne s'agitent pas devant nous avec leurs mœurs, leurs caractères bien développés et toujours les mêmes. Ce ne sont guère que des *idées et des abstractions*. Aussi, quand la Fontaine imite Phèdre, ajoute-t-il toujours des détails pittoresques et caractéristiques propres à nous intéresser à ses acteurs.

POÉSIE ÉPIQUE ET DIDACTIQUE

La même époque voit une pléiade de POÈTES ÉPIQUES : **Æmilius Macer** chante ILION; **Rabirius**, ACTIUM; **Varius**, CÉSAR, AUGUSTE.

La tragédie ne cesse pas d'être cultivée : **Cassius de Parme** fait un BRUTUS; **Ovide**, une MÉDÉE; **Varius**, un THYESTE, qui est représenté aux jeux donnés pour célébrer la victoire d'Actium.

Les POÈTES DIDACTIQUES ne sont pas moins nombreux. Ils écrivent sur la *pêche*, la *chasse*, la *médecine*. **Germanicus** traduit les PHÉNOMÈNES d'ARATUS; **Gratius Faliscus** compose ses CYNÉGÉTIQUES; **Manilius**, ses ASTRONOMIQUES, remarquables par la science et la poésie; **Auguste** lui-même, un poème sur la SICILE. Tout le monde est à la poésie. *Mécène* ne fait-il pas des vers, dont Sénèque et Quintilien se sont beaucoup moqués?

HISTOIRE

Tite-Live
(59 av. J.-C. - 9 ap. J.-C.).

- BIOGRAPHIE. — TITE-LIVE, *de Padoue,* passe à *Rome* la plus *grande partie de sa vie,* éloigné de la politique, mais honoré de l'amitié d'Auguste, *qui le chargea même de l'éducation de Claude.* Il entreprit d'exposer *toute l'histoire romaine,* depuis la fondation de Rome jusqu'à la mort de Drusus. Il mourut à Padoue, l'an 9 de l'ère chrétienne.
- HISTOIRE ROMAINE. — Des cent quarante-deux livres qui composaient l'HISTOIRE ROMAINE, trente-cinq seulement et quelques fragments nous sont parvenus : la première décade (dix livres), qui va des origines à 294 av. J.-C., et les livres XXI-XLV, qui traitent de la deuxième guerre punique.
- Critique.
  - Sources. — Tite-Live avait à sa disposition les *ressources historiques* les plus complètes. Auguste lui avait ouvert tous les temples, afin qu'il pût y consulter les ANNALES DES PONTIFES, les COMMENTAIRES et les FASTES. Il disposait, en outre, de nombreux mémoires particuliers et d'œuvres historiques déjà considérables. (V. tableaux précédents.)
  - Véracité. *Elle n'est pas complète, parce qu'il lui manque :*
    - 1° La passion de la vérité. — Il ne remonte *guère au delà de Fabius Pictor* (IIIe siècle av. J.-C.). S'il cite les vieilles lois, les vieilles coutumes, c'est en passant et avec dédain.
    - 2° L'esprit critique. — Il ne cherche pas à tromper, *il s'appuie même toujours sur des témoignages :* mais il ne sait ni *choisir* ni *contrôler* ses sources. Quand les auteurs sont d'accord, il cite de confiance. Sinon, il rapporte les opinions sans se décider entre elles et sans conclure ; ou si parfois il s'y décide, c'est en inclinant *toujours vers l'hypothèse qui donne matière à de plus beaux développements.*
    - 3° La couleur locale. — Tite-Live n'a *point visité les lieux ;* on ne trouve chez lui que peu ou point de détails sur les climats, les mœurs, les usages.
  - Impartialité. *Elle se laisse surprendre.* — *L'ardent amour* qu'il porte *à Rome* le conduit quelquefois à traiter *avec mépris les nations ennemies ; « il a trop à faire avec Rome pour s'occuper des guerres qu'elles se peuvent livrer entre elles. »* C'est pour la même raison qu'entre deux opinions, la plus favorable aux Romains obtient toujours son assentiment. V. g. les Gaulois et Camille. Les Carthaginois surtout semblent injustement jugés.
  - Intérêt de l'œuvre.
    - 1° *L'exposition des faits généraux* est large et majestueuse, et l'on admire dans les détails *l'art de la composition.* Tite-Live sait exposer une situation, la développer, ranger les arguments avec autant de soin et de méthode que Cicéron en met dans ses discours.
    - 2° Un *patriotisme sincère* anime tout le récit, et fait revivre les temps anciens et les vieux héros, du moins tels qu'il les conçoit. On croirait assister aux délibérations, aux batailles qu'il raconte : il y déploie un art tout dramatique.
    - 3° Tite-Live a une *connaissance* parfaite du *cœur humain,* dont il devine fort bien les intentions et les mobiles.
  - Morale. — L'*esprit politique,* qui trouve les causes ou prévoit les conséquences des événements, lui *fait défaut.* Aussi se borne-t-il trop souvent à donner pour explication la *fortune de Rome* ou la *force du destin.*
  - Discours. — Les *harangues* qu'il prête à ses héros, tout admirables qu'elles sont au point de vue oratoire, deviennent *invraisemblables* par leur longueur et leur symétrie. Pour lui comme pour tous les Romains, l'histoire était évidemment avant tout une *œuvre oratoire,* c'est-à-dire subordonnée à l'unité d'invention et d'exécution. On cite surtout le discours de CATON POUR LA LOI OPPIA, l'entrevue d'ANNIBAL ET DE SCIPION avant la bataille de Zama, la harangue de SCIPION A SES SOLDATS RÉVOLTÉS, etc.
  - Style. — Le *style* de Tite-Live, *véhément au besoin,* surtout dans les discours, est ordinairement *calme* et *majestueux.* Rien ne le peint mieux que le mot de Quintilien : « *Lactea ubertas,* » abondance douce comme le lait. Quant au reproche de *patavinité* que lui adressait *A. Pollion,* il est assez difficile de savoir en quoi consistait ce défaut.
  - Jugements.
    - Le *mérite* de Tite-Live était déjà *universellement reconnu* pendant sa vie : d'après Pline le Jeune, un Espagnol vint de Cadix à Rome uniquement pour le voir. Sa renommée ne diminua point après sa mort, et de bonne heure l'HISTOIRE ROMAINE fut étudiée dans les écoles.
    - A la Renaissance, ce fut en Europe un *véritable enthousiasme* pour Tite-Live. Le roi d'Aragon et Côme de Médicis se réconcilièrent au prix d'un manuscrit ; pour en posséder un, Antoine de Palerme alla jusqu'à vendre ses terres.

Trogue-Pompée (Ier s. av. J.-C.).

- PHILIPPIQUES. — Fils d'un secrétaire de César, TROGUE-POMPÉE écrivit en vingt-quatre livres, sous le nom de PHILIPPIQUES, l'HISTOIRE DE L'EMPIRE MACÉDONIEN depuis Philippe jusqu'à la réduction de la Macédoine en province romaine. Les notions qu'il donnait incidemment sur tous les autres peuples faisaient de cet ouvrage la première *histoire universelle* écrite en latin. Nous n'en avons qu'un *abrégé,* et nous le devons à JUSTIN (vers le IIIe siècle ap. J.-C.).

Velléius Paterculus (19 av. J.-C. - 31 ap. J.-C.).

- PRÉCIS D'HISTOIRE UNIVERSELLE. — Son PRÉCIS D'HISTOIRE UNIVERSELLE s'arrête à l'an 30 av. J.-C. Son style, *clair et concis,* mais sec comme le style de tout résumé, est semé de *réflexions judicieuses.* On lui a justement reproché des adulations par trop basses à l'adresse de Tibère.

Valère Maxime (Ier s. ap. J.-C.).

- Recueil d'ANECDOTES. — Sous le titre de FACTORUM et DICTORUM MEMORABILIUM, lib. IX, cet auteur a écrit dans un style souvent *dur et boursouflé* des anecdotes quelquefois intéressantes, mais ordinairement choisies *avec peu de discernement.* Tout leur intérêt est dans les détails qu'elles nous donnent sur les mœurs et les usages de Rome.

Autres historiens. — L'histoire fut cultivée par beaucoup d'autres auteurs à cette époque. **Auguste** lui-même avait rédigé des MÉMOIRES, et l'on a retrouvé sur des tables d'airain, à Ancyre et à Apollonie, son TESTAMENT POLITIQUE. On peut nommer encore **Fenestella, Codrus, Labiénus,** etc.

ARCHÉOLOGIE, GRAMMAIRE, JURISPRUDENCE, ARCHITECTURE, etc.

L'archéologie et la grammaire étaient cultivées avec ardeur, sans qu'il nous reste aucun monument certain, ni de HYGIN, professeur et bibliothécaire sous Auguste, ni de VERRIUS FLACCUS ; la jurisprudence fleurissait avec ANTISTIUS et ATEIUS CAPITO.

Vitruve. — VITRUVE, chargé par Auguste des embellissements de Rome, écrivit dix livres sur l'ARCHITECTURE, dont sept nous sont parvenus ; le style en est assez sec, et souvent même obscur.

Celse. — CELSIUS CORNELIUS AULUS fut un habile médecin, et l'un des propagateurs de la *médecine expérimentale.*

ÉLOQUENCE

L'*éloquence politique était morte avec la liberté.* Le barreau, où les questions les plus communes prenaient autrefois de vastes proportions, en touchant aux discussions de partis, se voyait également condamné au silence. Des *controverses sur des causes fictives* et quelquefois des plus bizarres, des *exhortations,* des *discours* mis sous le nom de quelque héros de l'histoire ancienne : voilà la grande ressource des RHÉTEURS. C'est dans ce genre d'éloquence que se distinguèrent en particulier **Sénèque** *le Rhéteur,* père du philosophe que nous allons bientôt étudier, et son ami, **Porcius Latro.**

V. ÉPOQUE DES EMPEREURS

(De la mort de Tibère 37, à la mort de Marc-Aurèle, 180.)

De la fin du règne de Tibère (37) à la mort de Marc-Aurèle (180), c'est-à-dire jusqu'au moment où l'empire *tombe aux mains des soldats,* qui en disposent à leur gré, Rome voit les hommes de génie affluer dans son sein. Ils viennent *des provinces,* et surtout de *l'Espagne :* tels Sénèque, Lucain, Quintilien, Martial, etc. Mais les circonstances défavorables où leurs œuvres se produisent les empêchent d'atteindre à la perfection de l'âge précédent ; elles les marquent même des signes d'*une visible décadence.*

C'est d'abord *la faveur toujours croissante des lectures publiques,* mises à la mode sous Auguste par *Mécène, Messala Corvinus, Asinius Pollion.* Les auteurs aiment à lire leurs tragédies ou leurs poésies de circonstance devant un auditoire choisi, toujours prêt à applaudir, par politesse, ou dans des vues intéressées. Il leur faut dès lors *rechercher le faux brillant,* les *ornements éclatants,* et surtout le *trait final* longtemps préparé aux dépens du naturel. Il leur faut aussi *des phrases courtes et étincelantes, des alliances de mots extraordinaires,* pour corriger la vulgarité de la pensée.

C'est en second lieu l'*immixtion des princes dans le domaine de la littérature.* Auguste avait renté les auteurs ; ses successeurs, à l'exception de Caligula, qui fait brûler Tite-Live et voudrait détruire Homère et Virgile, se piquent tous de cultiver ou de favoriser les lettres. Sous des despotes tels que Néron et Domitien, cette protection ombrageuse a pour résultat immédiat de supprimer *l'éloquence* et *l'histoire,* qui demandent à respirer un air libre ; d'abaisser ou d'étouffer la *poésie,* en la condamnant à de basses adulations ou à une vie obscure. Il faut *s'avilir* devant le prince, ou se tenir *à l'écart* de la cour dans une sourde opposition, en attendant des temps meilleurs, le règne de Nerva et de Trajan, e siècle des Antonins. L'esprit des divers empereurs fournit donc la division la plus naturelle pour classer les auteurs de cette époque.

A	Claude, Caligula, NÉRON :	*Sénèque, Lucain, Perse.*
B	Vespasien, Titus, DOMITIEN :	*Pline l'Ancien, Quintilien, Silius Italicus, Stace, Martial.*
C	Nerva et TRAJAN :	*Tacite, Pline le Jeune, Juvénal.*
D	Les ANTONINS :	*Fronton, Aulu-Gelle, Apulée.*

Langue. La période *se coupe et se brise de plus en plus.* Il s'introduit dans la langue une foule de *locutions vicieuses :* idiotismes, néologismes, termes abstraits ou étrangers. On forme des *composés* et des *diminutifs*, on crée *des substantifs* et des *adjectifs nouveaux ;* beaucoup d'autres changent de *terminaison.* Les prosateurs en viennent à employer les *expressions, les tours et les hardiesses de la poésie :* la recherche des *antithèses,* la *brièveté* voulue des phrases, aiguisées de *sentences* subtiles et piquantes, surtout l'*abus de la figure* érigé en usage, succèdent à la simplicité, à l'élégance, à la précision, à la dignité, à la fermeté traditionnelle du latin classique.

Métrique. La métrique ne s'enrichit plus, et déjà l'on aperçoit une faible tendance à la *polymétrie.* Les poètes se contentent des mètres employés jusque-là, en prenant comme modèles, pour l'*hexamètre,* Virgile et surtout Ovide ; pour le *distique,* Ovide, qui exerça une influence considérable sur l'art des autres mètres *dactyliques* en *logaédiques ;* pour l'*ode* et la *satire,* Horace.

A. RÈGNES DE CALIGULA, DE CLAUDE ET DE NÉRON (37-68)

CARACTÈRE de cette époque.

- *Sous la brutalité de* Caligula, *pendant les infamies des règnes de Messaline et d'Agrippine, gouvernant sous le nom de* Claude; *et sous la tyrannie de l'empereur* histrion, *qui compose une* ILIADE *et s'en va partout mendier des couronnes poétiques, les hommes de talent n'avaient que deux ressources :* se tenir à l'écart *de la cour, ou s'avilir devant le prince.*
- *Il y avait alors à Rome toute une société d'esprits élevés, de nobles cœurs,* les Thraséas, les Helvidius Priscus, *qui faisaient une opposition de silence aux empereurs par le contraste de leurs mœurs et leur vie retirée. Ils se préparaient, surtout par le* stoïcisme, *à braver les tourments et la mort. Étouffer tous les sentiments, ne s'attacher à rien ici-bas, ni aux honneurs, ni à la fortune, ni à la vie : telle était la doctrine stoïcienne, recours de tous ceux qui ne voulaient pas se dégrader devant César.*
- Perse *en est pour nous, dans sa vie comme dans ses vers, un des plus purs représentants;* Sénèque *et* Lucain *y puisèrent aussi, l'un la belle morale de ses* OUVRAGES PHILOSOPHIQUES, *l'autre la véritable inspiration de sa* PHARSALE.
- *Mais la faveur de tels monstres ne pouvait s'acheter que par de honteuses bassesses;* Sénèque *et* Lucain, *stoïciens d'esprit et de cœur, ne rougirent pas malheureusement de cette faveur ignominieuse, que l'un et l'autre d'ailleurs expièrent de leur sang.*

PHILOSOPHIE ET TRAGÉDIE

Sénèque (7 av. J.-C. 65 ap. J.-C.).

BIOGRAPHIE

- *Né à Cordoue* (7 av. J.-C.), LUCIUS ANNÆUS SENECA fut élevé à Rome par *Sénèque le Rhéteur*, son père, avec ses deux frères aînés, *Gallion*, qui devait plus tard juger saint Paul à Corinthe, et *Pomponius Méla*, le père de *Lucain*. Tous deux s'engagèrent dans la carrière des affaires et des honneurs; pour lui, quoiqu'il se fût adonné avec ardeur *aux études philosophiques* dès son jeune âge, il n'en dut pas moins entrer dans les dignités. D'abord avocat, puis questeur, il passa en Égypte, où il fit des *recherches archéologiques*; après quoi il suivit à Rome la voie des *grandes charges*. Exilé pendant neuf ans par *Messaline*, il se vit rappelé par *Agrippine*, qui le préposa à l'instruction du jeune Néron. Après d'inutiles efforts pour contenir le *monstre naissant*, le précepteur en vint à excuser les crimes de son élève, et même son parricide (59). *En vain* essaya-t-il plus tard de *fuir le danger* en quittant la cour; Néron le retint, pour l'obliger bientôt à s'ouvrir les veines (65 ap. J.-C.).
- Il faut distinguer deux hommes en Sénèque : le *stoïcien* austère et épris de toutes les grandes vertus, qui se fait même « *apôtre* » pour consoler et fortifier autrui, et le *ministre* de Néron, ambitieux, mais surtout faible et pusillanime, qui se laisse entraîner jusqu'à devenir l'apologiste du parricide.

ŒUVRES PHILOSOPHIQUES

Sénèque y est l'homme du progrès et des temps modernes; les premiers chrétiens en ont fait un des leurs, le XVIIIe siècle l'a eu en admiration.

- **SUR LA PROVIDENCE** — C'est un ouvrage plein d'hésitations entre des doctrines tout à fait incompatibles.
- **SUR LA TRANQUILLITÉ DE L'AME** — Sénèque y répond à son ami Sérénus que le meilleur moyen d'échapper aux agitations et aux soucis, c'est de s'acquitter résolument de ses *devoirs d'homme* et de *citoyen*, de se vouer à la famille, aux affaires, à tous les devoirs de la vie privée ou publique.
- **SUR LA CLÉMENCE** — Sénèque propose à Néron l'*exemple d'Auguste* pardonnant à *Cinna*, comme l'idéal de la conduite d'un bon prince. L'ouvrage, simplement écrit, est un des meilleurs de Sénèque.
- **SUR LES BIENFAITS** — L'auteur y examine tout au long la *vraie manière de faire le bien*, et les *devoirs réciproques* du bienfaiteur et de l'obligé.
- **LETTRES A LUCILIUS** — Ce sont autant de *dissertations* morales écrites à l'*aise* et sans plan systématique, mais remplies des *plus hautes idées* et des *plus nobles sentiments*. Ces LETTRES sont le *meilleur* et le *plus important* ouvrage de Sénèque.
- On cite encore le traité de la COLÈRE, où, après une peinture admirable de cette passion, il enseigne les moyens de s'en guérir; la CONSOLATION A HELVIA, sa mère, empreinte de la plus touchante sensibilité; la CONSOLATION A MARCIA; le traité de la CONSTANCE DU SAGE; celui de la VIE HEUREUSE, qui roule sur la question du souverain bien et dont l'introduction est un des meilleurs morceaux sortis de la plume de Sénèque.
- **Critique.**
  - **Philosophie pratique.** — Sénèque est avant tout un *philosophe pratique*, qui s'occupe peu de spéculations. Aussi est-il difficile de savoir au juste *ses opinions, même sur la Divinité*. S'il se moque souvent du polythéisme, il confond quelquefois *Dieu avec la nature*, ou même l'identifie avec *le Sage*. Mais, en revanche, « de tous les moralistes de l'antiquité, c'est lui qui a le mieux connu et démêlé la conscience humaine, qui a le mieux saisi les raisons secrètes et subtiles qui nous gouvernent et font ce jeu délié, insaisissable, des passions qui se mêlent, se combattent, sans se détruire. » (Martha.).
  - **Stoïcisme.** — Sa doctrine morale est le *stoïcisme*; c'est dire qu'il *prêche* le respect de soi-même, la fuite du vice, l'indépendance, la bienfaisance, l'amitié, l'oubli des injures, la compassion, l'égalité, la résignation à la mort, le suicide, l'immortalité de l'âme, etc.
  - **Prosélytisme.** — Sénèque s'est fait l'*apôtre du stoïcisme*, surtout dans ses LETTRES A LUCILIUS. L'exil, la pauvreté, la mort : voilà les trois principaux épouvantails contre lesquels il essaye de prémunir les hommes.
  - **Éloquence de Sénèque.** — Sénèque a souvent une *éloquence fiévreuse*, quand il cherche à se démontrer à lui-même et à prouver aux autres qu'il faut se résigner à mourir, et que le bonheur n'est pas dans la richesse. On comprend qu'*il cherche à se raidir* contre des terreurs trop naturelles à cette époque, où la parole d'un affranchi, un caprice de César, exposait à la confiscation, à l'exil, à la mort.
  - **Sincérité.** — Sénèque *semble sincère*; ses sentiments, ses désirs sont portés au bien. Malheureusement sa vie fut *en contradiction* avec ses œuvres; mais il s'en accuse lui-même, et s'il blâme les vices, c'est en commençant par les siens.
- *N. B.* A ces œuvres se rattachent, par les observations morales qui s'y mêlent, les QUESTIONS NATURELLES, répertoire des connaissances de l'antiquité sur les sciences physiques et naturelles.

ŒUVRES DRAMATIQUES

Elles ont été composées pour les lectures publiques; on ne jouait plus au théâtre que des mimes ou des pantomimes, aux inventions plates et niaises, aux scènes effrontées, sans vergogne et sans esprit.

- **ŒUVRES TRAGIQUES** — On a sous le nom de Sénèque dix tragédies : MÉDÉE, HIPPOLYTE, ŒDIPE, les TROYENNES, AGAMEMNON, HERCULE FURIEUX, THYESTE, la THÉBAÏDE, HERCULE SUR LE MONT ŒTA, OCTAVIE. (Cette dernière n'est probablement pas de lui.)
- **Critique.**
  - **Manque d'action et de caractère.** — On n'y trouve ni *action* ni *caractère* bien tracé, partant *peu de dialogues*. Chaque personnage fait de *longs monologues*, de brillantes déclamations, des descriptions plus ou moins bien amenées; en sorte que la fable n'est plus qu'*un cadre* à discours et à dissertations : c'est ainsi qu'Œdipe s'évertue à prouver à diverses reprises le droit de l'homme au suicide.
  - **Traits brillants.** — Voulant frapper le public, éviter la monotonie et suppléer à l'intérêt de la représentation, le poète recourt *aux situations violentes* et *exagérées*, au risque de *modifier la fable antique*, *aux tirades brillantes*, *aux traits frappants* qu'on puisse applaudir; il ne manque pas du reste de *maximes* vraiment *tragiques* et de *mots profonds*. V. g. le *moi* de MÉDÉE.
  - **Stoïcisme.** — Le *stoïcisme y apparaît partout*. Les personnages méprisent tous la mort, tous se rient des bourreaux et du destin. Les maximes et les pensées du poète sont les mêmes que celle du philosophe : on dirait parfois des extraits de ses ouvrages en prose. Il paraît donc impossible de ne pas admettre un seul et même auteur.
- **Influence sur notre théâtre.** — Les pièces de Sénèque ont exercé une *grande influence sur notre théâtre*. La langue latine, bien mieux connue que la langue grecque, les longues déclamations par lesquelles ce poète remplace l'analyse délicate et difficile des passions, son goût prononcé pour les catastrophes extraordinaires, furent autant de causes qui le firent admirer *à la Renaissance*. C'est d'après ces pièces que *Scaliger* composa sa POÉTIQUE, où il érigea en principe tout le système dramatique du tragique latin; c'est de cette poétique et des pièces même de Sénèque que s'inspira *de préférence Corneille*, spécialement dans MÉDÉE et dans ŒDIPE; c'est à Sénèque *que Racine* emprunta la THÉBAÏDE, ANDROMAQUE, PHÈDRE.

APOCOLOKINTOSE. — Cette *apothéose burlesque de Claude*, changé en ciel en citrouille, est une sorte de Ménippée où se mêlent la prose et les vers. Sénèque *s'y venge bien lâchement* des ignobles flatteries qu'il avait prodiguées à l'empereur pendant sa vie.

Style et langue.

- La langue de Sénèque a les mêmes qualités et les mêmes défauts dans sa prose et dans ses vers. *Génie facile et abondant*, il n'en a pas moins, d'après Quintilien, exercé sur son époque par ses *traits brillants*, ses *antithèses à effet*, son *style coupé et sentencieux*, l'influence la plus fâcheuse. « Il a brisé le *poids des pensées en phrases menues*. »
- Cela tient à ce qu'il se préoccupe peu du goût et de l'harmonie, à ce qu'il ne cherche point à plaire à la postérité, mais à ses contemporains; il vise au succès du moment; il veut frapper, emporter l'assentiment; et comme rien ne séduit plus que les images, les antithèses, les sentences, il les accumule sans suite, sans ordre, dans une phrase haletante, nerveuse, fiévreuse.

POÉSIE ÉPIQUE

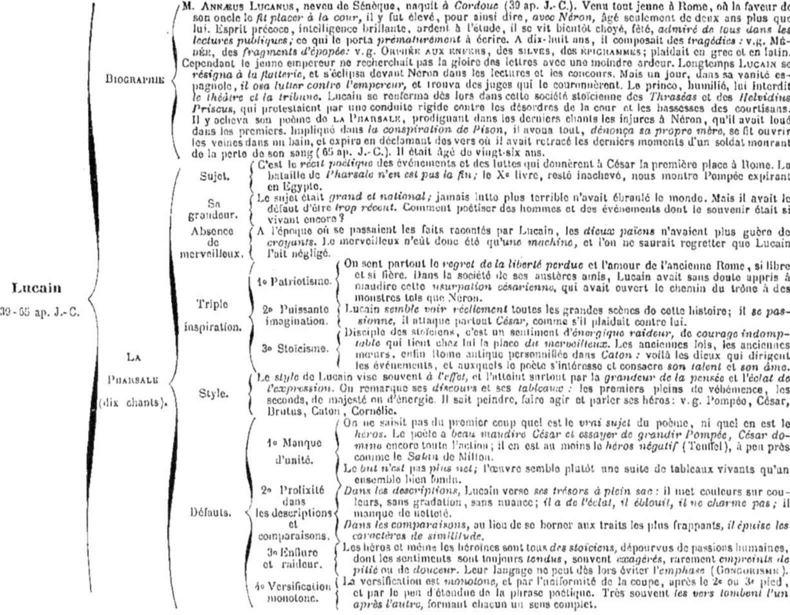

Lucain (39-65 ap. J.-C.).

- BIOGRAPHIE. — M. ANNÆUS LUCANUS, neveu de Sénèque, naquit à *Cordoue* (39 ap. J.-C.). Venu tout jeune à Rome, où la faveur de son oncle le *fit placer à la cour,* il y fut élevé, pour ainsi dire, *avec Néron,* âgé seulement de deux ans plus que lui. Esprit précoce, intelligence brillante, ardent à l'étude, il se vit bientôt choyé, fêté, *admiré de tous dans les lectures publiques;* ce qui le porta *prématurément* à écrire. A dix-huit ans, il composait des *tragédies :* v.g. MÉDÉE, des *fragments d'épopée:* v.g. ORPHÉE AUX ENFERS, des SILVES, des ÉPIGRAMMES; plaidait en grec et en latin. Cependant le jeune empereur ne recherchait pas la gloire des lettres avec une moindre ardeur. Longtemps LUCAIN se *résigna à la flatterie,* et s'éclipsa devant Néron dans les lectures et les concours. Mais un jour, dans sa vanité espagnole, *il osa lutter contre l'empereur,* et trouva des juges qui le couronnèrent. Le prince, humilié, lui interdit *le théâtre et la tribune.* Lucain se renferma dès lors dans cette société stoïcienne des *Thraséas* et des *Helvidius Priscus,* qui protestaient par une conduite rigide contre les désordres de la cour et les bassesses des courtisans. Il y acheva son poème de LA PHARSALE, prodiguant dans les derniers chants les injures à Néron, qu'il avait loué dans les premiers. Impliqué dans *la conspiration de Pison,* il avoua tout, *dénonça sa propre mère,* se fit ouvrir les veines dans un bain, et expira en déclamant des vers où il avait retracé les derniers moments d'un soldat mourant de la perte de son sang (65 ap. J.-C.). Il était âgé de vingt-six ans.
- LA PHARSALE (dix chants).
  - Sujet. — C'est le *récit poétique* des événements et des luttes qui donnèrent à César la première place à Rome. La bataille de *Pharsale n'en est pas la fin;* le Xe livre, resté inachevé, nous montre Pompée expirant en Egypte.
  - Sa grandeur. — Le sujet était *grand et national;* jamais lutte plus terrible n'avait ébranlé le monde. Mais il avait le défaut d'être *trop récent.* Comment poétiser des hommes et des événements dont le souvenir était si vivant encore?
  - Absence de merveilleux. — A l'époque où se passaient les faits racontés par Lucain, les *dieux païens* n'avaient plus guère de *croyants.* Le merveilleux n'eût donc été qu'*une machine,* et l'on ne saurait regretter que Lucain l'ait négligé.
  - Triple inspiration.
    - 1° Patriotisme. — On sent partout le *regret de la liberté perdue* et l'amour de l'ancienne Rome, si libre et si fière. Dans la société de ses austères amis, Lucain avait sans doute appris à maudire cette *usurpation césarienne,* qui avait ouvert le chemin du trône à des monstres tels que Néron.
    - 2° Puissante imagination. — Lucain *semble voir réellement* toutes les grandes scènes de cette histoire; il *se passionne,* il attaque partout *César,* comme s'il plaidait contre lui.
    - 3° Stoïcisme. — Disciple des stoïciens, c'est un sentiment d'*énergique raideur,* de *courage indomptable* qui tient chez lui la place *du merveilleux.* Les anciennes lois, les anciennes mœurs, enfin Rome antique personnifiée dans *Caton :* voilà les dieux qui dirigent les événements, et auxquels le poète s'intéresse et consacre *son talent* et *son âme.*
  - Style. — Le *style* de Lucain vise souvent *à l'effet,* et l'atteint surtout par la *grandeur de la pensée* et l'*éclat de l'expression.* On remarque ses *discours* et ses *tableaux :* les premiers pleins de véhémence, les seconds, de majesté ou d'énergie. Il sait peindre, faire agir et parler ses héros : v.g. Pompée, César, Brutus, Caton, Cornélie.
  - Défauts.
    - 1° Manque d'unité. — On ne saisit pas du premier coup quel est le *vrai sujet* du poème, ni quel en est le *héros.* Le poète a *beau maudire César et essayer de grandir Pompée, César domine* encore toute l'action; il en est au moins le *héros négatif* (Teuffel), à peu près comme le *Satan* de Milton.
      Le *but n'est* pas *plus net;* l'œuvre semble plutôt une suite de tableaux vivants qu'un ensemble bien fondu.
    - 2° Prolixité dans les descriptions et comparaisons. — *Dans les descriptions,* Lucain verse *ses trésors à plein sac :* il met couleurs sur couleurs, sans gradation, sans nuance; *il a de l'éclat, il éblouit, il ne charme pas;* il manque de netteté.
      Dans les comparaisons, au lieu de se borner aux traits les plus frappants, *il épuise les caractères de similitude.*
    - 3° Enflure et raideur. — Les héros et même les héroïnes sont tous *des stoïciens,* dépourvus de passions humaines, dont les sentiments sont toujours *tendus,* souvent *exagérés,* rarement *empreints de pitié* ou de *douceur.* Leur langage ne peut dès lors éviter l'*emphase* (GONGORISME).
    - 4° Versification monotone. — La versification est *monotone,* et par l'uniformité de la coupe, après le 2e ou 3e pied, et par le peu d'étendue de la phrase poétique. Très souvent *les vers tombent l'un après l'autre,* formant chacun un sens complet.

POÉSIE SATIRIQUE

Perse (34-62 ap. J.-C.).

- BIOGRAPHIE (34-62). — Né à *Volaterra* en Etrurie, AULUS PERSIUS FLACCUS fut élevé à Rome par le stoïcien *Thraséas,* en qui Néron « *voulut anéantir la vertu même* » (Tacite). D'une vie pure et austère, il *représente* mieux que Sénèque et Lucain *la doctrine stoïcienne,* dont sa poésie est tout imprégnée. *Sa mort prématurée* (vingt-huit ans) l'empêcha seule de tomber victime de cette haine de Néron, qui fit périr tous ses amis.
- ŒUVRES. — Il nous reste de lui six SATIRES, peu étendues, sur les RIDICULES DES GENS DE LETTRES, l'HYPOCRISIE DES FAUX DÉVOTS, la PARESSE, l'ORGUEIL DES GRANDS, la LIBERTÉ, l'AVARICE.
- Critique. — Les idées morales développées par Perse sont celles *du plus austère stoïcisme.* Ses vers reflètent la pureté de son âme.
  - Défauts.
    - 1° Obscurité. — Boileau n'a *pas été assez sévère* quand il a dit :

      > Perse en ses vers obscurs, mais serrés et pressants,
      > Affecta d'enfermer moins de mots que de sens.

      Il y a souvent sous les mots *trop peu de sens,* ou du moins de sens saisissable; et, malgré la méthode et la logique serrée du raisonnement, le but, l'ordre, la liaison des idées échappent parfois au regard.
    - 2° Satire trop générale. — La satire de PERSE est *trop générale;* on sent que le jeune auteur ne connaît guère les vices et les travers que *par les livres et les conversations.* Aussi y a-t-il chez lui fort peu de ces portraits, pris sur le vif, qui dénotent le vrai satirique.

Pétrone (1er siècle).

- BIOGRAPHIE. — On place quelquefois à cette époque un certain PETRONIUS ARBITER, auteur du SATYRICON. Il est ainsi identifié avec le PÉTRONE que Néron força de s'ouvrir les veines la même année que Lucain. Selon d'autres, il ne vécut que sous les Antonins.
- SATYRICON. — Le SATYRICON est une *peinture immorale* des vices et des travers de la société contemporaine. *Les vers et la prose* y alternent. Il nous en reste trois principaux fragments : le FESTIN DE TRIMALCION, la MATRONE D'ÉPHÈSE (imitée par la Fontaine) et *un poème* où le poète reprend le sujet de LA PHARSALE.

Sénèque.

- APOCOLOKINTOSE (Voir plus haut.)

POÉSIE BUCOLIQUE

Calpurnius Pison (1er siècle ?).

- BIOGRAPHIE. — Cet auteur, reporté par quelques-uns jusqu'au IIIe siècle, vécut probablement au commencement du règne de Néron.
- DIX ÉGLOGUES. — Imitateur assez servile de *Virgile* et de *Théocrite,* il composa dix ÉGLOGUES, qui devinrent classiques au moyen âge. Elles sont pleines d'allusions aux faits contemporains, mais si vagues, qu'on les applique également ou à Néron, ou à Carus et à ses fils.

GENRE DIDACTIQUE (prose et vers)

Columelle (1er siècle).

- BIOGRAPHIE. — COLUMELLE est un Espagnol de Cadix qui vint se fixer à Rome après de longs voyages.
- DE RE RUSTICA. — Fruit d'une longue pratique, cet ouvrage est l'un des plus complets que l'on ait écrits sur la matière. Il comprend treize livres; le Xe, qui traite des jardins (*Virgile les avait laissés à d'autres*), est écrit *en vers simples et nus.*

HISTOIRE

Quinte-Curce (1er siècle).

- BIOGRAPHIE. — La vie de QUINTUS CURTIUS RUFUS est peu connue, mais il est très probablement de cette époque.
- HISTOIRE D'ALEXANDRE (Dix liv.).
  - Sujet. — L'HISTOIRE des exploits d'Alexandre le Grand comprenait *dix livres.* Nous possédons les *huit derniers,* qui portent la trace de nombreuses interpolations.
  - Critique.
    - Valeur historique. — Quinte-Curce ne marque que le côté *légendaire et merveilleux* d'Alexandre. Si ses descriptions topographiques, ses récits de bataille sont *peu exacts et confus,* ses *discours,* appropriés au caractère de chaque personnage, sont composés *avec un vrai talent,* bien qu'ils sentent *la déclamation et la recherche.*
    - Style et langue. — Le *style* possède à un degré inférieur les *mêmes qualités que celui de Tite-Live,* qu'il avait pris pour modèle : abondance et chaleur.
      Dans sa *langue* on trouve des *répétitions,* des *changements ou omissions de sujet,* des *expressions vagues ou obscures.*

B. VESPASIEN, TITUS, DOMITIEN

(69-96)

CARACTÈRE DE CETTE ÉPOQUE. — Après Néron (68) *la couronne impériale, quelque temps disputée, tomba aux mains de* Vespasien (69), *puis de* Titus, *qui rétablirent la paix, protégèrent les lettres et fournirent à Pline l'Ancien des ressources pour son ouvrage. Mais avec* Domitien (81-96) *revinrent les plus mauvais jours de Néron. Les hommes de talent suivirent une double voie. Les uns consentirent à acheter par la flatterie les bonnes grâces d'un prince qui leur cédait libéralement les honneurs, les autres attendirent en silence des temps meilleurs. Silius Italicus, Stace, Martial, Quintilien même se résignèrent au premier parti; Juvénal, Tacite et Pline le Jeune, au second.*

PROSE

Pline l'Ancien (29-79 ap. J.-C.).

- **BIOGRAPHIE.** — *Né à Vérone* (23 ap. J.-C.), PLINIUS SECUNDUS périt en 79 dans la *terrible éruption du Vésuve*, qui ensevelit Herculanum et Pompéi. Témoin attristé des règnes de *Claude* et de *Néron*, il eut enfin *le bonheur de vivre sous un prince ami des lettres*, protecteur judicieux des recherches historiques, historien lui-même; car Vespasien avait écrit des MÉMOIRES que Josèphe cite plusieurs fois. Doué d'une *grande force d'âme* et d'une *puissance de travail incroyable*, il étudia toutes les sciences et écrivit au moins 160 *volumes sur l'histoire, la rhétorique, les sciences*.
- **HISTOIRE NATURELLE (37 liv.).**
  - **Sujet.** — Son HISTOIRE NATURELLE, *en 37 livres, est le vaste résumé* de toutes les sciences, de tous les arts, connus jusqu'alors, *avec une foule de digressions instructives sur les personnes et les institutions.* C'est ainsi qu'à l'occasion des divers anneaux, il nous donne de longs détails sur l'ordre des chevaliers; qu'à propos des cachets, il livre de précieux renseignements sur l'administration de l'Italie par Mécène, en l'absence d'Octave. C'est même lui qui *fait le mieux connaître l'intérieur de l'empire*, sa grandeur, la complication des ressorts qui le faisaient mouvoir, les principes de corruption qui le travaillaient.
  - **Division.** — Cette vaste encyclopédie est distribuée sous trois divisions principales : 1° *Cosmographie et météorologie;* 2° *Géographie;* 3° *Histoire naturelle* proprement dite. Les cinq derniers livres traitent des *Minéraux* et des *arts* qui les emploient.
  - **Critique.**
    - **Caractère.** — Pline n'est *point un philosophe* comme *Lucrèce* (DE NAT. R.), ou comme *Cicéron* (DE NAT. D.), qui veut détruire ou démontrer l'existence et la nature de Dieu par l'étude du monde visible, ni un *disciple des anciens physiciens* comme *Sénèque* (QUEST. NATUR.), qui cherche à édifier en système et à coordonner les recherches de l'antiquité sur la nature; c'est *un littérateur* qui s'est mis à traiter d'objets scientifiques, et qui a naturellement *péché en beaucoup d'endroits*.
    - **Défauts et qualités.** — Pline n'a pas de *théorie* ni d'*idée générale*; il n'a pas non plus de *critique*. Mais il a puisé à des sources variées, coordonné ces extraits, jeté çà et là des traits vifs, des sentiments honnêtes, et imprimé à cette œuvre de marqueterie *un caractère vraiment personnel*.
    - **Style.** — Son style a de *la verve et de la vie*, du coloris; mais *son extrême concision*, qui bannit toute abondance, vise *trop à l'énergie*. De là un *singulier emploi* de *l'ablatif*, dont il se sert pour réunir les membres de phrase et placer les idées incidentes. D'autre part, sa diction, *pleine de métaphores*, n'est pas appropriée au sujet; l'expression est souvent *recherchée ou négligée*, ce qui rend le sens indécis ou obscur.

Quintilien (35?-95?)

- **BIOGRAPHIE.** — M. FABIUS QUINTILIANUS était d'origine espagnole. *Né à Calagurris*, il vint à Rome, où *Vespasien* lui confia une chaire d'éloquence. *Domitien*, qu'il se résigna à flatter, le fit précepteur de ses petits-neveux et même consul. Retiré après vingt ans d'enseignement, il composa son DE INSTITUTIONE ORATORIA. Il avait aussi écrit un *Traité* de RHÉTORIQUE et un autre sur les CAUSES DE LA DÉCADENCE DE L'ÉLOQUENCE, aujourd'hui perdus.
- **DE INSTITUTIONE ORATORIA.** Excellent *Manuel de Rhétorique*. (12 liv.)
  - **Sujet.**
    - Quintilien prend l'enfant au berceau et prescrit toute la suite des *études qui doivent en faire un orateur et un honnête homme.*
    - Le rôle de la nourrice, des premiers pédagogues, des grammairiens, puis des rhéteurs dans cette formation, remplit les deux premiers livres.
    - Les suivants traitent de *l'invention*, la *disposition*, *l'élocution*, *l'action oratoire*. Mentionnons le début du VIe livre, où Quintilien fait part à son ami Marcellus Victorius de la mort prématurée de sa femme et de ses deux fils; il y a peut-être là quelques expressions empruntées à l'école, mais on y sent l'accent de la douleur; mentionnons également le Xe livre, *célèbre par les jugements* que Quintilien y porte sur les différents auteurs que son élève pourra avoir à étudier. Il ne faut pas oublier qu'il ne les juge qu'au point de vue oratoire; c'est ainsi qu'il représente Homère comme le modèle et le type de toutes les parties de l'éloquence.
    - Enfin le XIIe livre trace le *caractère* et les *devoirs de l'orateur*. Quintilien admet la définition de Caton : *Vir bonus dicendi peritus.*
  - **Critique.**
    - Les *conseils et les préceptes* de Quintilien *sont sensés et pratiques*. La partie *théorique* est empruntée *aux auteurs anciens*, surtout à Cicéron, et ordinairement *rien de plus vrai*, rien de plus judicieux. On lui souhaiterait néanmoins quelquefois *plus de précision et de profondeur*. Il s'élève trop rarement à ces considérations morales et philosophiques qui donnent un si grand intérêt aux écrits de Cicéron sur l'art oratoire.
    - Mais son ouvrage est écrit *avec art* et d'un *style élégant*; les *images* et les *comparaisons y abondent* et s'y présentent à propos. Il excelle *à rompre la monotonie* des préceptes par de spirituelles réflexions, des anecdotes bien choisies, des mots piquants; il aime à causer avec son lecteur, et il le fait avec une charmante bonhomie.

VESPASIEN, TITUS, DOMITIEN (suite)

POÉSIE ÉPIQUE

Valerius Flaccus (?-90?).

- BIOGRAPHIE. — On ignore la date et le lieu de sa naissance, mais il dut certainement vivre à cette époque.
- LES ARGONAUTIQUES (Huit chants). — Ce sujet, déjà traité bien des fois par les historiens et les poètes (*Hérodote, Pindare*, IVe PYTHIQUE), avait fourni à *Apollonius de Rhodes* un poème grec en quatre chants. VALÉRIUS FLACCUS l'a imité d'assez près. Ce qui le distingue de son modèle, c'est qu'*au lieu de chercher à plaire par des détails jolis et délicats*, il s'est attaché *à peindre la passion de Médée*, et l'a fait souvent avec des couleurs vraiment tragiques. Le VIIIe livre, trop court, semble indiquer que l'ouvrage n'a pas reçu la dernière main.

Silius Italicus (25-101).

- BIOGRAPHIE. — Né *sous Auguste*, d'une famille considérable, SILIUS sut si adroitement se ménager la faveur des princes, qu'il traversa les terribles règnes de *Néron, Galba, Othon, Domitien*, non seulement sans danger, mais *entouré d'honneurs et de richesses*. Atteint d'une maladie incurable, il se laissa mourir de faim (101). Il possédait les villas *de Cicéron et de Virgile*; il voulut aussi se faire auteur.
- PUNICA (Dix-sept chants).
  - Sujet. — C'est un *récit en vers, exact et détaillé*, des événements de la DEUXIÈME GUERRE PUNIQUE, depuis la prise de Sagonte jusqu'à la bataille de Zama.
  - Critique.
    - Intérêt. — Le sujet est *grand et national*. Rien de plus émouvant que cette lutte à mort entre *Carthage et Rome*, si bien *prédite* par Virgile dans les menaces de Didon; et quelle figure énergique que celle d'Annibal !
    - Méthode. — Les *faits* sont rapportés avec *fidélité et en détail*. Rien ne semble laissé à l'invention du poète.
    - Merveilleux. — Silius n'a pourtant pas voulu faire *une chronique rimée*. Aussi fait-il *intervenir les dieux*, mais d'*une manière fort peu adroite*. Il n'a su ni les rendre nécessaires, ni mêler leur action à celle de ses personnages. Il a beau semer çà et là des songes, des visions, des interventions divines; on n'y voit d'autre nécessité ni d'autre but que de *relever ainsi son style par des morceaux brillants*, imités ou plutôt copiés de Virgile.
    - Style. — La *lecture assidue de Cicéron et de Virgile* a donné *au style* de Silius *une pureté devenue très rare* chez ses contemporains. Elle est son principal mérite avec quelques portraits, discours, et récits de batailles.

Stace (61-96).

- BIOGRAPHIE. — Amené à Rome par son père, poète fort goûté, PUBLIUS PAPINIUS STATIUS ne tarda pas à se faire lui-même une immense réputation et à devenir *le roi des lectures publiques*, le poète le plus couru de Rome. Doué d'une facilité aussi merveilleuse que précoce, il composa, sur *des sujets de commande* les plus futiles et les plus variés, des vers qu'on se disputait avidement, bien qu'ils n'enrichissent guère le *poète affamé* (Juvénal). De basses flatteries lui valurent la faveur de Domitien; mais, *vaincu aux jeux capitolins*, il alla mourir à Naples, où il était né (96).
- ŒUVRES *deux genres* :
  - SILVES (32) (*v. hex.*). — Ce sont de *petites pièces détachées*, et de circonstance. V. g. POUR LA MORT DU LION DE DOMITIEN, SUR LA STATUE DE L'EMPEREUR, SUR UNE MAISON DE CAMPAGNE, SUR UN PERROQUET, etc. Il n'y manque pas d'esprit, mais le *naturel et la simplicité* y font défaut.
  - Poèmes.
    - THÉBAÏDE (Douze chants). — La guerre *des sept contre Thèbes* était un sujet rebattu; Stace l'a mise en vers *sans aucune inspiration*. Les faits, les épisodes, les morceaux brillants pris deçà et delà, y sont juxtaposés sans unité de conception.
    - ACHILLÉIDE (Deux chants). — Le poète y veut raconter *la vie d'Achille*. Dans les deux premiers chants, qui seuls nous restent, Achille n'est pas encore arrivé à Troie. Ces deux livres *ont plus de naturel* que la THÉBAÏDE; ces peintures d'enfance et d'intérieur vont, en effet, bien mieux au talent de Stace.

POÉSIE ÉPIGRAMMATIQUE

Martial (42-102).

- BIOGRAPHIE. — MARTIAL était né *à Bilbilis*, en Espagne (42 ap. J.-C.), et il y revint mourir (102). Pauvre comme Stace, il vécut comme lui *des largesses impériales*, payées par des flatteries. Ces deux hommes, qui ne parlent nulle part l'un de l'autre, *semblent avoir été rivaux* dans cette chasse aux faveurs : deux fois ils traitèrent le même sujet de commande. Mais Martial mendie encore avec moins de honte, et flatte avec plus de bassesse. Il eut surtout le tort, après la mort de Domitien, de flétrir indignement celui qu'il avait tant loué vivant.
- ŒUVRES (*dist.*). — Martial s'est condamné à n'écrire que des ÉPIGRAMMES. Il en a laissé plus de quinze cents, divisées en quatorze livres, et qui sont, en général, « des cadeaux, des envois ».
- Critique. — La *pointe* est presque *toujours bien aiguisée*. Mais la *monotonie* et la *platitude* étaient inévitables dans un pareil ouvrage, et Martial n'y a pas échappé, malgré la peinture exacte et *souvent piquante* des mœurs contemporaines. Rien d'ailleurs n'excuse l'*obscénité* trop fréquente du ton et des images.

N. B. Pline le Jeune et Tacite se sont aussi exercés dans cette poésie fugitive et légère.

C. NERVA (96-98) et TRAJAN (98-117)

CARACTÈRE DE CETTE ÉPOQUE — *Nerva et Trajan* (98) *rendent enfin la* liberté de la pensée et de la parole. *On comprend avec quelle énergie des hommes de génie longtemps opprimés se retournent contre cet odieux passé et flétrissent cette tyrannie, dont ils ont dû porter le poids : c'est le temps de Tacite, de Pline le Jeune et de Juvénal.*

HISTOIRE

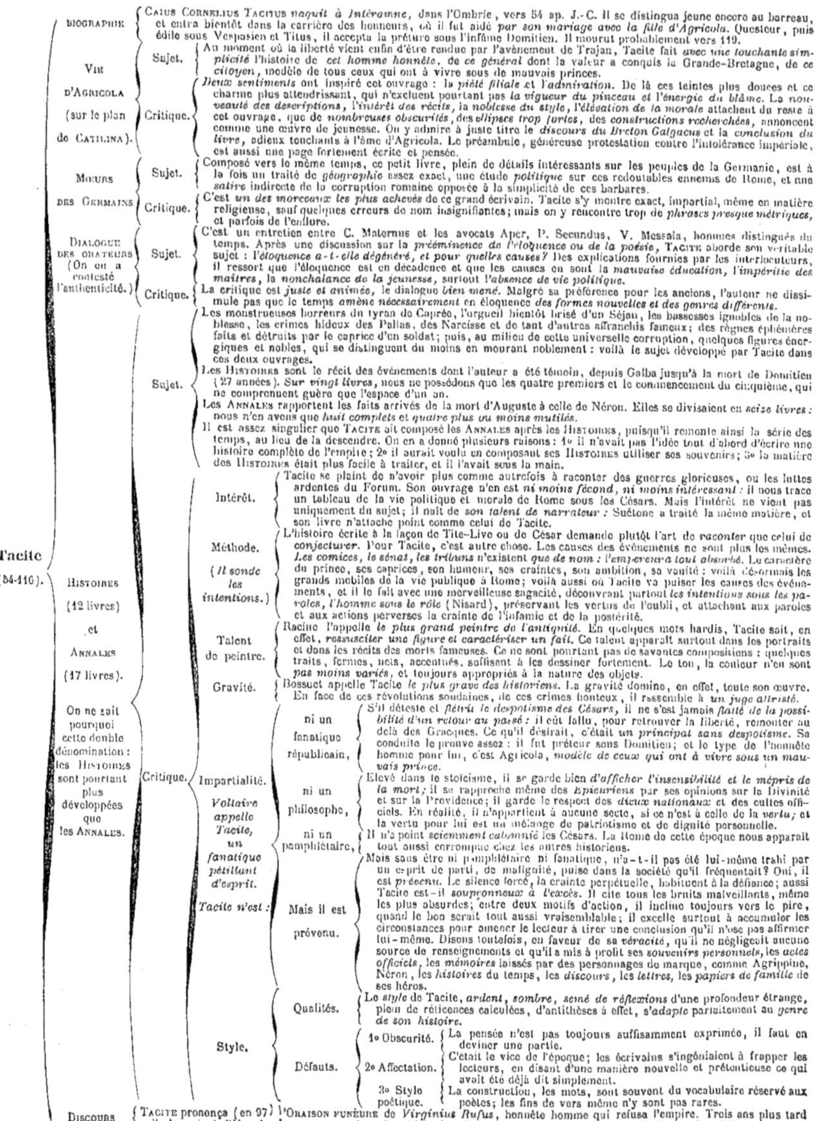

Tacite (54-116).

- **BIOGRAPHIE** — CAIUS CORNELIUS TACITUS *naquit à Intéramne*, dans l'Ombrie, vers 54 ap. J.-C. Il se distingua jeune encore au barreau, et entra bientôt dans la carrière des honneurs, où il fut aidé *par son mariage avec la fille d'Agricola*. Questeur, puis édile sous Vespasien et Titus, il accepta la préture sous l'infâme Domitien. Il mourut probablement vers 119.
- **VIE D'AGRICOLA** (sur le plan de CATILINA).
  - Sujet. — Au moment où la liberté vient enfin d'être rendue par l'avènement de Trajan, Tacite fait *avec une touchante simplicité* l'histoire de *cet homme honnête*, de *ce général* dont la valeur a conquis la Grande-Bretagne, de *ce citoyen*, modèle de tous ceux qui ont à vivre sous de mauvais princes.
  - Critique. — *Deux sentiments* ont inspiré cet ouvrage : la *piété filiale* et l'*admiration*. De là ces teintes plus douces et ce charme plus attendrissant, qui n'excluent pourtant pas *la vigueur du pinceau et l'énergie du blâme*. La *nouveauté des descriptions*, l'*intérêt des récits*, la *noblesse du style*, l'*élévation de la morale* attachent du reste à cet ouvrage, que de *nombreuses obscurités*, des *ellipses trop fortes*, des *constructions recherchées*, annoncent comme une œuvre de jeunesse. On y admire à juste titre le *discours du Breton Galgacus* et la *conclusion du livre*, adieux touchants à l'âme d'Agricola. Le préambule, généreuse protestation contre l'intolérance impériale, est aussi une page fortement écrite et pensée.
- **MŒURS DES GERMAINS**
  - Sujet. — Composé vers le même temps, ce petit livre, plein de détails intéressants sur les peuples de la Germanie, est à la fois un traité de *géographie* assez exact, une étude *politique* sur ces redoutables ennemis de Rome, et une *satire* indirecte de la corruption romaine opposée à la simplicité de ces barbares.
  - Critique. — C'est *un des morceaux les plus achevés* de ce grand écrivain. Tacite s'y montre exact, impartial, même en matière religieuse, sauf quelques erreurs de nom insignifiantes; mais on y rencontre trop de *phrases presque métriques*, et parfois de l'enflure.
- **DIALOGUE DES ORATEURS** (On en a contesté l'authenticité.)
  - Sujet. — C'est un entretien entre C. Maternus et les avocats Aper, P. Secundus, V. Messala, hommes distingués du temps. Après une discussion sur la *prééminence de l'éloquence ou de la poésie*, TACITE aborde son véritable sujet : l'*éloquence a-t-elle dégénéré, et pour quelles causes?* Des explications fournies par les interlocuteurs, il ressort que l'éloquence est en décadence et que les causes en sont la *mauvaise éducation*, l'*impéritie des maîtres*, la *nonchalance de la jeunesse*, surtout l'*absence de vie politique*.
  - Critique. — La critique est *juste et animée*, le dialogue *bien mené*. Malgré sa préférence pour les anciens, l'auteur ne dissimule pas que le temps *amène nécessairement* en éloquence *des formes nouvelles et des genres différents*.
- **HISTOIRES** (12 livres) et **ANNALES** (17 livres). On ne sait pourquoi cette double dénomination : les HISTOIRES sont pourtant plus développées que les ANNALES.
  - Sujet.
    - Les monstrueuses horreurs du tyran de Caprée, l'orgueil bientôt brisé d'un Séjan, les bassesses ignobles de la noblesse, les crimes hideux des Pallas, des Narcisse et de tant d'autres affranchis fameux; des règnes éphémères faits et détruits par le caprice d'un soldat; puis, au milieu de cette universelle corruption, quelques figures énergiques et nobles, qui se distinguent du moins en mourant noblement : voilà le sujet développé par Tacite dans ces deux ouvrages.
    - Les HISTOIRES sont le récit des événements dont l'auteur a été témoin, depuis Galba jusqu'à la mort de Domitien (27 années). *Sur vingt livres*, nous ne possédons que les quatre premiers et le commencement du cinquième, qui ne comprennent guère que l'espace d'un an.
    - Les ANNALES rapportent les faits arrivés de la mort d'Auguste à celle de Néron. Elles se divisaient en *seize livres :* nous n'en avons que *huit complets* et *quatre plus ou moins mutilés*.
    - Il est assez singulier que TACITE ait composé les ANNALES après les HISTOIRES, puisqu'il remonte ainsi la série des temps, au lieu de la descendre. On en a donné plusieurs raisons : 1° il n'avait pas l'idée tout d'abord d'écrire une histoire complète de l'empire; 2° il aurait voulu en composant ses HISTOIRES utiliser ses souvenirs; 3° la matière des HISTOIRES était plus facile à traiter, et il l'avait sous la main.
  - Critique.
    - Intérêt. — Tacite se plaint de n'avoir plus comme autrefois à raconter des guerres glorieuses, ou les luttes ardentes du Forum. Son ouvrage n'en est *ni moins fécond, ni moins intéressant :* il nous trace un tableau de la vie politique et morale de Rome sous les Césars. Mais l'intérêt ne vient pas uniquement du sujet; il naît de *son talent de narrateur :* Suétone a traité la même matière, et son livre n'attache point comme celui de Tacite.
    - Méthode. (*Il sonde les intentions.*) — L'histoire écrite à la façon de Tite-Live ou de César demande plutôt l'art de *raconter* que celui de *conjecturer*. Pour Tacite, c'est autre chose. Les causes des événements ne sont plus les mêmes. *Les comices, le sénat, les tribuns* n'existent *que de nom : l'empereur a tout absorbé*. Le caractère du prince, ses caprices, son humeur, ses craintes, son ambition, sa vanité : voilà désormais les grands mobiles de la vie publique à Rome; voilà aussi où Tacite va puiser les causes des événements, et il le fait avec une merveilleuse sagacité, découvrant partout *les intentions sous les paroles, l'homme sous le rôle* (Nisard), préservant les vertus de l'oubli, et attachant aux paroles et aux actions perverses la crainte de l'infamie et de la postérité.
    - Talent de peintre. — Racine l'appelle *le plus grand peintre de l'antiquité*. En quelques mots hardis, Tacite sait, en effet, *ressusciter une figure et caractériser un fait*. Ce talent apparaît surtout dans les portraits et dans les récits des morts fameuses. Ce ne sont pourtant pas de savantes compositions : quelques traits, fermes, nets, accentués, suffisent à les dessiner fortement. Le ton, la couleur n'en sont *pas moins variés*, et toujours appropriés à la nature des objets.
    - Gravité. — Bossuet appelle Tacite *le plus grave des historiens*. La gravité domine, en effet, toute son œuvre. En face de ces révolutions soudaines, de ces crimes honteux, il ressemble à *un juge attristé*.
    - Impartialité. *Voltaire appelle Tacite, un fanatique pétillant d'esprit.* *Tacite n'est :*
      - ni un fanatique républicain, — S'il déteste et *flétrit le despotisme des Césars*, il ne s'est jamais *flatté de la possibilité d'un retour au passé :* il eût fallu, pour retrouver la liberté, remonter au delà des Gracques. Ce qu'il désirait, c'était *un principat sans despotisme*. Sa conduite le prouve assez : il fut préteur sous Domitien; et le type de l'honnête homme pour lui, c'est Agricola, *modèle de ceux qui ont à vivre sous un mauvais prince*.
      - ni un philosophe, — Elevé dans le stoïcisme, il se garde bien *d'afficher l'insensibilité et le mépris de la mort;* il se rapproche même des *Epicuriens* par ses opinions sur la Divinité et sur la Providence; il garde le respect des *dieux nationaux* et des cultes officiels. En réalité, il n'appartient à aucune secte, si ce n'est à celle de la *vertu;* et la vertu pour lui est un mélange de patriotisme et de dignité personnelle.
      - ni un pamphlétaire, — Il n'a point *sciemment calomnié* les Césars. La Rome de cette époque nous apparaît tout aussi corrompue chez les autres historiens.
      - Mais il est prévenu. — Mais sans être ni pamphlétaire ni fanatique, n'a-t-il pas été lui-même trahi par un esprit de parti, de malignité, puisé dans la société qu'il fréquentait? Oui, il est *prévenu*. Le silence forcé, la crainte perpétuelle, habituent à la défiance; aussi Tacite est-il *soupçonneux à l'excès*. Il cite tous les bruits malveillants, même les plus absurdes; entre deux motifs d'action, il incline toujours vers le pire, quand le bon serait tout aussi vraisemblable; il excelle surtout à accumuler les circonstances pour amener le lecteur à tirer une conclusion qu'il n'ose pas affirmer lui-même. Disons toutefois, en faveur de sa *véracité*, qu'il ne négligeait aucune source de renseignements et qu'il a mis à profit ses *souvenirs personnels*, les *actes officiels*, les *mémoires* laissés par des personnages de marque, comme Agrippine, Néron, les *histoires* du temps, les *discours*, les *lettres*, les *papiers de famille* de ses héros.
    - Style.
      - Qualités. — Le *style* de Tacite, *ardent*, *sombre*, *semé de réflexions* d'une profondeur étrange, plein de réticences calculées, d'antithèses à effet, s'*adapte* parfaitement au *genre de son histoire*.
      - Défauts.
        - 1° Obscurité. — La pensée n'est pas toujours suffisamment exprimée, il faut en deviner une partie.
        - 2° Affectation. — C'était le vice de l'époque; les écrivains s'ingéniaient à frapper les lecteurs, en disant d'une manière nouvelle et prétentieuse ce qui avait été déjà dit simplement.
        - 3° Style poétique. — La construction, les mots, sont souvent du vocabulaire réservé aux poètes; les fins de vers même n'y sont pas rares.
- **DISCOURS** — TACITE prononça (en 97) l'ORAISON FUNÈBRE de *Virginius Rufus*, honnête homme qui refusa l'empire. Trois ans plus tard il s'associa à *Pline le Jeune* pour assister les *Africains* dans le procès pour concussion qu'ils intentaient à leur proconsul.

NERVA et TRAJAN (suite)

HISTOIRE (suite)

Suétone (75-160).
- BIOGRAPHIE. — CAIUS SUETONIUS TRANQUILLUS fut l'ami de Pline le Jeune, qui l'appelle le *plus intègre*, le *plus honoré*, le *plus savant* des Romains.
- VIE DES DOUZE CÉSARS. — Suétone est *un chroniqueur exact et consciencieux*. Il rapporte les dits et gestes de ses personnages, ou plutôt les enregistre, car il reste *impassible* devant de telles horreurs. Ses biographies s'étendent de *J. César à Domitien*.
  Sans être un auteur du premier ordre, Suétone est *un bon écrivain*; son style est *correct, élégant, précis*, mais d'*une concision souvent exagérée*.

Annæus Florus (Ier s.-IIe s.).
- BIOGRAPHIE. — Il dut vivre vers cette époque; mais les critiques se perdent dans leurs conjectures.
- EPITOME. — Son EPITOME DE GESTIS ROMANORUM est un abrégé de l'HISTOIRE ROMAINE en quatre livres. Florus est un panégyriste qui exagère les succès et les difficultés, pallie les fautes et les perfidies du peuple romain. De plus, il s'occupe peu de la chronologie et de la géographie; *son talent* est *purement littéraire*. Sa manière est concise et brillante, son expression hardie; sa pensée frappante, sinon profonde.

ÉLOQUENCE ET GENRE ÉPISTOLAIRE

Pline le Jeune (62-113).
- BIOGRAPHIE. — CAIUS PLINIUS CÆCILIUS SECUNDUS MINOR *fut adopté et élevé* par son oncle, *Pline l'Ancien*. D'un caractère un peu vaniteux, mais affable et plein de bonté, il fut l'ami de Tacite, le bienfaiteur de Quintilien, son maître, de Suétone et de Martial. Préteur sous Domitien, gouverneur de Bithynie sous Trajan, il fut avant tout un *homme de lettres*.
  Travailleur infatigable, auditeur assidu des lectures publiques, il écrivit des POÉSIES, des PLAIDOYERS, une HISTOIRE de son temps, etc. De tout cela, il ne nous reste que le PANÉGYRIQUE DE TRAJAN et des LETTRES.
- ŒUVRES.
  - PANÉGYRIQUE DE TRAJAN. — Composé par Pline, *pour remercier l'empereur de l'avoir élevé au consulat, et retouché plus tard avec soin*, ce PANÉGYRIQUE, ennuyeux par l'excès des ornements et des antithèses, est la *meilleure œuvre oratoire de l'empire*. Si l'on y trouve bien des flatteries, il faut dire que Trajan les méritait au moins en quelque façon. On y peut du reste relever des morceaux pleins de délicatesse, où se révèle une sincère admiration pour ce prince qui a fait revivre la liberté.
  - LETTRES (dix livres). — Ce ne sont *plus des causeries libres et familières* comme celles de Cicéron, mais une *correspondance faite pour la postérité*. Elles n'en sont pas moins un tableau historique de la société romaine d'alors. Les scènes de mœurs et de caractères, prises sur le vif, y sont relatées de la manière la plus piquante.
    Quant au *style*, il est *très travaillé*, et sent parfois l'*effet, la prétention et la recherche*.
    Le Xe livre est une correspondance entre *Trajan* et *Pline*, propréteur en Bythinie. On cite surtout la lettre où il questionne l'empereur sur la conduite à tenir envers les chrétiens, qui se multiplient de jour en jour, sans qu'on puisse trouver de grief pour les accuser.

POÉSIE SATIRIQUE

Juvénal (47?-130?).
- BIOGRAPHIE. — Né à *Aquinum*, DÉCIMUS JUNIUS JUVENALIS fréquenta jusqu'à quarante ans les écoles *de déclamation*, puis entra dans *la carrière militaire*. Ses premières SATIRES, écrites sous Domitien, ne furent publiées que plus tard avec les autres, sous l'empereur Adrien. Mais la liberté n'était pas encore absolue, et Juvénal, disgracié, *fut envoyé en Egypte* comme tribun d'une cohorte. Il y mourut vers 130.
- SATIRES (quinze).
  - Sujet. — *Tous les vices* de cette époque y sont *flétris avec indignation*. Tacite expose et juge *les horreurs de la vie politique*, Juvénal flagelle les *abominations de la vie privée*. La corruption est partout; Juvénal passe donc en revue à peu près toutes les classes de la société romaine : *la matrone*, qui ne s'occupe plus que de sa toilette ou de ses vices, bien différente en cela de la femme des anciens temps; *les petits-fils* dégénérés des héros antiques, à genoux devant le *Néron chauve* (Claude); *le sénat* abruti, délibérant *sur un turbot*; *le peuple romain*, qui faisait jadis les rois et ne sait plus que demander *panem et circenses*; enfin *les Grecs*, monstres de débauches, qui supplantent près des grands l'antique client romain.
  - Critique.
    - Méthode et ton. — *Horace, épicurien joyeux*, nous fait rire des ridicules de ces insensés, qui ne savent pas éviter un excès ou se maintenir dans les règles du bon ton. *Perse, stoïcien rigide*, mais peu observateur, donne plutôt des préceptes qu'il ne trace des portraits. *Chez Juvénal, le ton est différent*. En face du vice il ne rit pas, *il s'indigne : facit indignatio versum*. Il ne donne pas de préceptes, il n'est point philosophe, il ne cherche pas les causes de ces désordres, il en fait seulement le *tableau vivant et sombre*. Encore les personnages auxquels il s'attache sont-ils morts depuis longtemps; ils ont vécu sous les règnes de Claude et de Néron, mais il sait les *faire revivre* par la puissance de son imagination.
    - Style. — Le style est savant, toujours imagé, souvent bref, mordant et énergique.
    - Défauts.
      - Immoralité. — Il eût dû flétrir le vice en *termes plus chastes*.
      - Exagération. — Dans ses déclamations, il ne *garde aucune mesure*; il foudroie des travers ridicules sur le même ton que les plus grands vices.
      - Monotonie. — Le ton, toujours pathétique et élevé, devient *tendu*. La couleur, toujours sombre, fatigue à la longue; l'*indignation* est trop *constante*.
    - Sincérité. — On s'est appuyé sur cette exagération, sur ce ton un peu déclamatoire et sur l'arrangement toujours symétrique de ses périodes, pour prétendre que tous ces vices n'étaient pour Juvénal que des *thèmes à amplifications oratoires* (Nisard). Cette opinion semble insoutenable; un déclamateur sans inspiration n'eût pas atteint cette éloquence passionnée.

N. B. On cite encore comme poètes satiriques de l'époque Turnus et Sulpicia.

LES ANTONINS (117-180)

CARACTÈRE DE CETTE ÉPOQUE. — *Cette époque, dite* siècle des Antonins, *vit à Rome et en Asie une véritable renaissance de la littérature grecque*. (V. Litt. grecque.) *Mais la littérature latine n'existait plus; c'est à peine si l'on peut citer trois noms :* FRONTON pour le *genre épistolaire*, AULU-GELLE pour la *grammaire*, APULÉE pour le *roman*.

Fronton (90?-168?).
- BIOGRAPHIE. — *Précepteur de Marc-Aurèle*, il jouit longtemps d'une grande réputation, dont il est aujourd'hui bien déchu.
- ŒUVRES. — On a trouvé, en 1815, sa CORRESPONDANCE avec Marc-Aurèle.
- Critique. — *Déclamation creuse, mots sans idées, admiration absurde* pour tout ce qui est *ancien :* voilà FRONTON et son époque.

Aulu-Gelle (125?-175?).
- BIOGRAPHIE. — *Elève de Fronton*, AULUS GELLIUS alla étudier à Athènes et y passa une grande partie de sa vie.
- NUITS ATTIQUES. — C'est un recueil *des conversations* qu'il a eues en Attique avec ses amis.
- Critique. — Composé *de notes, de critiques, d'explications* sur les sujets les plus divers : *grammaire, poésie, droit, médecine*, etc., cet ouvrage est très précieux pour nous. Le style, comme celui de Fronton, affecte l'*archaïsme*; il est souvent aussi *prétentieux et obscur*.

Apulée (138?-180).
- BIOGRAPHIE. — Né *en Afrique*, cet auteur d'un caractère étrange parcourut tout l'Orient. Après s'être fait initier à toutes les religions, il vint vivre quelque temps à Rome, puis alla mourir à Carthage.
  APULÉE était avocat : il a laissé une remarquable APOLOGIE, pour répondre à une accusation de magie.
- ŒUVRES. — L'ANE D'OR son principal ouvrage.
  - Sujet. — Ce sont les aventures d'*un certain Lucius métamorphosé en âne*, puis redevenu homme.
  - Critique. — L'ouvrage d'Apulée, *imité de Lucien*, est une satire *violente et grossière* des vices de son temps. La Fontaine y a pourtant trouvé le gracieux mythe de *Psyché*.
    Sa langue est un mélange de *néologismes* et d'*archaïsmes*, d'*enflure* et d'*affectation*; mais il sait conter.

VI. ÉPOQUE DES DERNIERS EMPEREURS

ET DES DOCTEURS CHRÉTIENS

(De la mort de Marc-Aurèle, 180, à la chute de l'empire, 476.)

Après Marc-Aurèle, l'Empire, livré aux caprice des soldats, s'affaisse et s'écroule lentement *sous le poids de sa corruption et sous les coups des barbares* qui l'envahissent de toutes parts, jusqu'à ce qu'Odoacre l'anéantisse enfin dans la personne de Romulus Augustule, et fonde sur ses ruines le royaume d'Italie (476). Au milieu de cette corruption et de cette anarchie, que pouvait produire la littérature? *A Rome,* un poète de cour, *Claudien;* un rhéteur, *Symmaque;* un auteur d'un Itinéraire poétique, *Rutilius.* Mais dans les provinces elle avait un meilleur sort : la Gaule et l'Afrique possédaient des écoles florissantes, où la jeunesse s'instruisait *dans la langue de ses vainqueurs,* et qui jetèrent un vif éclat, surtout lorsqu'eut passé sur elles *le souffle de vie.*

Alors, en effet, croissait *dans l'ombre et dans la persécution* une société animée d'un esprit divin, et destinée à refaire le monde, en réunissant et transformant dans son sein la civilisation des anciens peuples et la vigueur indomptée des nouveaux. Constantin le comprit; et ce fut de sa part un acte de justice et de profonde politique de la tirer *de ses catacombes* et de lui donner la liberté (313). L'*Église* pouvait seule sauver l'Empire : elle l'essaya. Si elle ne réussit pas, elle tira du moins de l'avilissement commun plus d'un noble cœur, plus d'une belle intelligence : les *Tertullien,* les *Cyprien,* les *Lactance,* les *Ambroise,* les *Augustin,* les *Jérôme.* Sa morale épura leur génie; sa doctrine illumina leur raison de clartés plus belles et plus vives que les conceptions les plus brillantes de Platon et de Cicéron. L'Occident les écouta avec respect et admiration, comme l'Orient les *Basile,* les *Grégoire* et les *Chrysostome.* Ce fut là une gloire pour le Christianisme. C'en fut une autre d'adoucir les barbares, et de préparer en eux les nations modernes.

Langue. La décadence de la langue, sensible dans la période précédente, ne fait que s'accentuer : l'*emphase* et les *figures recherchées,* les *expressions barbares* créées par la vanité, les *termes techniques,* forgés par les philosophes, les médecins, les jurisconsultes et les théologiens, l'*ignorance et la violation des règles* les plus fondamentales de la syntaxe, telles sont les causes qui la réduisent bientôt à l'état de jargon usuel et populaire.

Métrique. Il se fait dans la poésie latine, à côté de l'imitation persistante de la métrique du siècle d'Auguste, un retour sérieux aux poètes les plus anciens. On compose parfois des ïambes et des trochées avec les libertés podiques de Plaute; on en revient aussi à la polymétrie de Catulle.

AUTEURS PROFANES

PROSE

Auteur	Rubrique	Texte
Auteurs de l'Histoire Auguste.		Sous ce nom se rangent des *biographies d'empereurs, depuis Adrien jusqu'à Carus* (117-285). Cette compilation, qui semble vouloir continuer Suétone, est *dépourvue de tout mérite littéraire*, et n'a presque aucune valeur historique. Ce sont des anecdotes de cour.
Ammien Marcellin (330?-400).	BIOGRAPHIE	Ammien Marcellin était probablement païen. Soldat sous Constance, Constantin, Julien l'Apostat, il finit par se faire *historien*.
	HISTOIRE	Son Histoire s'étendait de *Nerva à Valens* (96-378). Nous n'avons que le récit de vingt-cinq années (353-378). Ce livre, dont le style est obscur, diffus et souvent emphatique, est *précieux néanmoins par les renseignements* qu'on y trouve. L'auteur, tout en aimant Julien, blâme ses excès contre les chrétiens.
Symmaque (v. 350).	BIOGRAPHIE	*Né à Rome*, vers 350, Symmaque en devint préfet et consul. Attaché comme tant d'autres, par habitude, *à l'ancienne religion, il lutta*, même sous les empereurs chrétiens, *pour la rétablir*. Mais tous ses contemporains, entre autres saint Ambroise, rendent justice à *son talent et à sa modération*.
	ŒUVRES	Il adressa aux empereurs Théodose, Gratien, etc., plusieurs Discours pour obtenir le rétablissement de la statue de la *Victoire* dans le sénat romain. Le plus célèbre est celui que saint Ambroise réfuta si magistralement. Nous avons aussi de Symmaque un Recueil de Lettres, malheureusement trop *prudentes* pour offrir un grand intérêt historique.
JURISCONSULTES		Au IIe et au IIIe siècle, de *savants Jurisconsultes* fondèrent vraiment le droit sur une base philosophique. Les plus célèbres furent **Gaius**, **Papinien**, **Ulpien**, qui écrivirent dans une langue concise, énergique et remarquable pour leur temps.
GRAMMAIRIENS		Les *grammairiens* se contentent désormais de compiler leurs devanciers, sans travailler d'après les sources mêmes : citons en ce genre **Julius Romanus**, **Juba**, **Censorinus**. **Macrobe**, au IVe siècle, a plus de valeur; on possède de lui sept livres de Saturnales, ou dialogues adressés à son fils et qui roulent principalement sur Virgile.

POÉSIE

Auteur	Rubrique	Texte
Némésien (v. 260).	BIOGRAPHIE	*Né à Carthage*, Némésien vécut entre 253 et 284.
	POÈMES	Il avait composé trois poèmes didactiques sur la Chasse, la Pêche, la Navigation, dont il ne reste que des fragments. Il y copie souvent les Géorgiques; sa versification est d'ailleurs assez heureuse.
Claudien (365?-?).	BIOGRAPHIE	*Né à Alexandrie*, Claudien vécut à la cour d'Honorius, fils de Théodose, et s'y maintint grâce à la protection de Stilicon
	ŒUVRES	Claudien fut d'une *fécondité prodigieuse :* Panégyriques des empereurs, Éloges pour leurs ministres, protecteurs des poètes, Invectives contre leurs ennemis, Poèmes épiques, Idylles, etc. etc.
	Critique.	Claudien a mis dans toutes ses œuvres *un grand talent*, malheureusement gâté par tous les défauts de la décadence, surtout par l'*enflure*, les *constructions vicieuses* et les *termes impropres*. Les Invectives contre Rufin et Eutrope, ennemis de Stilicon, semblent avoir une *inspiration réelle;* le poème sur l'Enlèvement de Proserpine est son ouvrage le plus connu.
Rutilius Numatianus (v. 400).	BIOGRAPHIE	Rutilius Numatianus était *né en Gaule*. Devenu préfet de Rome, il n'oublia jamais sa patrie, comme le prouve son ouvrage.
	ITINÉRAIRE	Nous avons de lui un Itinerarium. Se rendant en Gaule, au moment où les barbares la désolent, il décrit, *en distiques, toutes les impressions de son voyage*.
	Critique.	On trouve parfois chez lui *une poétique mélancolie;* mais, le plus souvent, en face de cet empire qui croule, de cette religion nouvelle qui régénère le monde, *il ne sait rien comprendre*, et s'obstine à chanter les gloires et l'avenir de Rome, et à mordre les juifs et les chrétiens.
Avianus.		Avianus flotte du second siècle au Ve; on ignore sa patrie et son vrai nom. C'est, avec *Phèdre*, le seul fabuliste latin de profession : il nous reste de lui 42 fables en mètre élégiaque, pour la plupart empruntées à Phèdre et à Babrius, correctes, mais ternes et traînantes.

AUTEURS CHRÉTIENS

APOLOGISTES

Auteur	Rubrique	Texte
Tertullien (160-245).	BIOGRAPHIE	*Né à Carthage*, dans le paganisme, Tertullien se convertit à la vraie religion, et consacra toute la force de son talent à la défendre. Séduit plus tard par la rigueur exagérée de la doctrine des *montanistes*, il tomba dans l'hérésie, et l'on doute trop justement de sa conversion finale.
	ŒUVRES *Trois classes :*	1o Ouvrages Apologétiques contre les païens et les Juifs. 2o Controverses avec les hérétiques. 3o Exposition de morale aux chrétiens.
	Critique.	Son ouvrage le plus célèbre est l'Apologétique, où il se pose fièrement devant les persécuteurs, non pas en accusé, mais en juge. Il y compare victorieusement la doctrine et la morale chrétienne aux turpitudes du paganisme. Contre les hérétiques, il fait valoir surtout cet argument, base de l'Histoire des Variations, de Bossuet : *la vérité ne change pas; or votre doctrine n'existait pas hier : donc vous n'êtes pas la vérité.* Sa morale est rigide, impitoyable, comme son caractère et son style; il n'a pas compris le côté doux et humain du christianisme. Tertullien a créé sa *langue* et son *style*, et les a créés à son image : tournures incorrectes, mots barbares, phrases obscures, mais toujours énergiques et vivantes, *langue et style tout de fer*.
Minucius Félix (IIIe siècle).	BIOGRAPHIE	On sait seulement qu'il exerça à Rome la profession d'avocat et vécut dans le IIIe siècle.
	OCTAVIUS (*dialogue*).	Dans ce dialogue, *un païen* défend ses dieux, fondateurs et protecteurs de Rome, *contre un chrétien* qui proclame la majesté du culte des chrétiens.
	Critique.	Le dialogue, dont la scène est *placée à Ostie*, en face de la mer, est écrit d'un *style vif et net*.
S. Cyprien (?-258).	BIOGRAPHIE	S. Cyprien, évêque *de Carthage*, était né dans cette même ville de parents païens. Il se convertit, et, comme Tertullien, son modèle, combattit toute sa vie pour la religion.
	ŒUVRES	Traités contre les *Juifs*, les *païens*, les *apostats*. Exposition du Dogme et de la Morale; Traité de l'Unité de l'Église.
	Critique.	Le *style* de S. Cyprien est *plein de vigueur :* « Si l'on trouve dans ses ouvrages trop de fleurs semées, dans les endroits où il s'anime fortement, il prend un tour véhément et sublime. » (Fénelon.)
Lactance (?-325)	BIOGRAPHIE	Lactance était probablement originaire d'*Afrique*. Nommé par Dioclétien *professeur d'éloquence à Nicomédie*, il se convertit au christianisme, et put échapper à la terrible persécution de 303. Sous Constantin, il fut précepteur du prince Crispus. On croit qu'il mourut à Trèves, peu de temps après le prince qu'il avait élevé (v. 325).
	ŒUVRES	La Mort des Persécuteurs montre la main de Dieu s'appesantissant sur les persécuteurs de l'Église. Les Institutions divines sont un traité en sept livres, qui embrasse toutes les questions alors agitées : fausseté du polythéisme et son origine; erreurs et contradictions de la fausse sagesse; véritable sagesse, consistant dans la morale et le culte chrétiens, et aboutissant à la vie éternelle. Traités multiples et Lettres nombreuses, dont un grand nombre sont perdues.
	Critique.	Le style *abondant et fleuri* de Lactance l'a fait surnommer le *Cicéron chrétien*. Comme Cicéron, d'ailleurs, il s'occupe assez peu de la théorie et du dogme, et s'en tient à l'exposition de la morale.

AUTEURS CHRÉTIENS (suite)

PÈRES DOGMATIQUES

S. Hilaire (300?-367).

- BIOGRAPHIE : Païen converti, HILAIRE fut élu évêque de Poitiers, sa ville natale, et dépensa toute la vigueur de son âme et de son talent à la défense de l'Église contre l'arianisme. *Energique comme saint Athanase*, il fut comme lui, et pour la même cause, exilé par les empereurs devenus ariens.
- ŒUVRES : TRAITÉS sur la *Trinité*; sur les *Synodes* (Conciliabules de l'Orient).
- Critique : S. Hilaire a partout une *dialectique vigoureuse et rapide*, qui lui a fait donner par S. Jérôme le nom de *Rhône de l'éloquence latine*.

S. Ambroise (340-397).

- BIOGRAPHIE : AMBROISE se trouvait à Milan comme gouverneur de la Ligurie, lorsque les habitants, charmés de sa douceur et de son équité, le nommèrent évêque. Il montra dans cette charge la plus grande sollicitude pour son peuple, mais aussi une invincible fermeté contre les hérétiques et contre les empereurs eux-mêmes (*Théodose*).
- ŒUVRES : COMMENTAIRES sur l'*Écriture sainte*; DISCOURS sur les *Jours de la création*; sur la *Virginité*, la *Pénitence*. ORAISONS FUNÈBRES de *Satyrus*, son frère, de *Théodose*; LETTRES de consolation, etc. HYMNES liturgiques, composées pour son peuple, et dont quelques-unes sont encore en usage : ÆTERNE RERUM CONDITOR...
- Critique : Toutes ces œuvres valent surtout par la *douceur*, l'*onction*, qui manifestent l'*âme la plus aimante et la plus tendre*. Les traités dogmatiques manquent *quelque peu de vigueur et d'énergie*.

S. Jérôme (346-420).

- BIOGRAPHIE : S. Jérôme, issu d'une noble famille *de Dalmatie*, étudia à Rome sous Donat, se fit baptiser à 20 ans, et visita ensuite *toutes les célèbres écoles des Gaules* : Marseille, Toulouse, Bordeaux, Autun, Trèves. Puis il passa en Asie, et se fixa dans le désert de Chalcis, près d'Antioche. C'est là que, pour absorber son esprit trop occupé des délices de Rome, il entreprit l'étude de l'hébreu. Elevé au sacerdoce, admis dans l'amitié de S. Grégoire de Nazianze, appelé par le pape Damase à des charges importantes, il n'interrompit point ses travaux. Bientôt même (385) il s'enferma, à 30 ans, *dans un monastère, à Bethléhem*, et s'adonna tout entier à ses études.
- ŒUVRES :
  - TRAVAUX SUR L'ÉCRITURE : On n'avait *des Ecritures*, en grec, que la *version des Septante* (faite à Alexandrie sous les Ptolémées, IIIe siècle av. J.-C.), et, en latin, que des *traductions partielles* et inexactes. Pendant douze ans S. Jérôme travailla à composer ce texte, seul usité actuellement dans l'Église latine, qu'on appelle la VULGATE. Pour lever toutes les difficultés d'explication, S. Jérôme entreprit, en outre, d'immenses travaux sur les NOMS HÉBREUX, les LIEUX HÉBREUX; des COMMENTAIRES, des LETTRES, etc.
  - CONTROVERSES : Ces travaux absorbants n'empêchaient point S. Jérôme de prendre part à toutes les discussions religieuses de son temps. Ses CONTROVERSES AVEC RUFIN, son ancien ami, sur Origène, et celles AVEC S. AUGUSTIN sur l'interprétation de quelques textes, nous le montrent dans toute la force, et quelquefois dans *toute la rudesse* de son génie.
  - LETTRES : Même *vigueur de ton* dans la plupart de ses LETTRES : il ne sait ménager aucun abus. Quelques-unes, adressées soit à des prêtres, soit à ces dames romaines qui, donnant leurs richesses aux pauvres, allaient cacher dans les monastères les noms des *Fabricius* et des *Camille*, sont de véritables *traités sur l'éducation* ou *sur les vertus chrétiennes et sacerdotales*. On aime à y voir parfois cet homme, si dur et si implacable à lui-même, *s'attendrir et pleurer* (LETTRE A SAINTE PAULE sur la *mort de sa fille*).

S. Augustin (354-430).

- BIOGRAPHIE : AUGUSTIN, *né à Tagaste*, en Afrique, se fit tout jeune encore admirer par son éloquence, dans sa ville natale, puis à Carthage. Malheureusement il se livrait en même temps au désordre. Avide de tout connaître, il chercha dans toutes les hérésies cette vérité que lui avait enseignée sa mère, *sainte Monique*, et qu'il avait volontairement perdue; et c'est dans ces dispositions qu'il vint à Rome, suivi par sa sainte mère. Nommé professeur d'éloquence *à Milan*, il y trouva *S. Ambroise et la grâce d'une sincère conversion*. Il revenait à *Carthage*, quand sainte Monique mourut *à Ostie*. Ordonné prêtre, puis chargé d'annoncer la parole divine au *peuple d'Hippone*, il fut bientôt nommé évêque de la même ville. Quand les Vandales vinrent l'assiéger, le saint évêque voulut s'enfermer avec le peuple qu'il n'avait cessé d'évangéliser et de défendre contre les hérétiques. Il mourut, le troisième mois du siège, dans sa soixante-seizième année (430).
- ŒUVRES : TRAITÉS sur les *Saintes Ecritures*, les *Evangiles*, les *Psaumes*, etc. TRAITÉS sur le *dogme*, contre les hérétiques de son temps : *Manichéens, Donatistes, Pélagiens, Ariens*. LIVRES ASCÉTIQUES sur la *Continence*, *la Viduité*, etc. ŒUVRES ORATOIRES : *Sermons* et *Homélies*. ŒUVRES PHILOSOPHIQUES et CRITIQUES.
  - CONFESSIONS : C'est le récit plein *de foi, d'humilité et d'enthousiasme* de ses fautes et de son retour à Dieu.
  - CITÉ DE DIEU : En voici le plan tracé par lui-même : Les dix premiers livres réfutent ceux qui prétendent que l'abandon du culte des dieux est la cause des maux présents, et ceux qui croient que le paganisme sert pour l'autre vie. Dans les douze autres, les *deux cités*, celle du *monde*, qui *hait Dieu*, et celle de *Dieu*, qui hait le monde, se trouvent mises en parallèle dans leur naissance, leur progrès et leur fin. *Ce livre*, dit Villemain, *est l'oraison funèbre de l'empire romain*.
- Critique : S. Augustin a porté dans ses œuvres si diverses *la même profondeur de génie*, et il a jeté sur toutes, même les plus arides, *tout l'éclat de sa riche imagination*. Son *style* a bien des défauts : *tours bizarres, constructions vicieuses, antithèses multipliées*; ce sont ceux de son siècle. Mais tout cela disparaît sous la puissante impression que produisent et les grandes idées et les nobles sentiments dont ses ouvrages sont remplis.

POÈTES CHRÉTIENS

S. Damase : Ce pape, qui appela près de lui S. Jérôme, a écrit quarante petits POÈMES.

Prudence (400).

- BIOGRAPHIE : *Né en Espagne*, PRUDENCE habita Rome, mais revint dans sa patrie pour se livrer entièrement aux lettres et à la prière.
- ŒUVRES : Nous avons de lui un grand nombre de POÈMES et d'HYMNES sur des sujets théologiques ou sur la vie des saints (HYMNE DES SS. INNOCENTS).
- Critique : Sa poésie respire presque toujours une *grande délicatesse de sentiments*.

Ausone (310-390).

- BIOGRAPHIE : *Né à Bordeaux* en 309 ou 310, il y mourut en 390. Chrétien de nom, il est païen par ses œuvres.
- ŒUVRES : Cent quarante-six ÉPIGRAMMES dans le genre de Martial, qui ne manquent ni d'esprit ni de finesse. Vingt IDYLLES assez gracieuses. Un POÈME DESCRIPTIF sur la Moselle, en vers faciles et élégants. Des LETTRES à Symmaque et à S. Paulin, son disciple, pleines de naturel.
- Critique : Sa poésie est gracieuse, quoique maniérée; elle offre même des peintures *fort délicates*. Sa versification, parfois incorrecte, ne manque pas d'éclat.

S. Paulin (353-431) : Élève d'Ausone, né comme lui *à Bordeaux*, PAULIN fut sénateur et consul, puis évêque de Nole. Outre des LETTRES à Sulpice Sévère, à S. Augustin, etc., nous avons de lui trente-deux petits POÈMES sur des sujets variés, dont quinze célèbrent la fête de S. FÉLIX de Nole.

S. Prosper (403-465) : Outre des ECRITS THÉOLOGIQUES et des EPIGRAMMES, il est l'auteur d'un POÈME SUR LA GRACE où il retrace la *chute de l'homme*, et qui renferme, dit Guizot, « des beautés que Milton même n'a pas surpassées ». L. Racine s'en est inspiré.

PARMI LES AUTEURS CHRÉTIENS DE CETTE ÉPOQUE NOUS TROUVONS AUSSI DEUX HISTORIENS :

Sulpice Sévère : Prêtre d'Aquitaine, SULPICE a écrit une HISTOIRE DE L'ÉGLISE d'un style élégant et correct.

Paul Orose : Ce prêtre espagnol a laissé une HISTOIRE UNIVERSELLE, écrite d'un style assez dur et qui contient bien des erreurs; mais l'auteur a des vues d'ensemble dont *s'est inspiré* Bossuet dans les EMPIRES.

VIIe ÉPOQUE

LE LATIN CHEZ LES PEUPLES MODERNES

Après une période de ravages et de ruines, les barbares cherchent à se fixer dans les provinces et à s'y agrandir aux dépens les uns des autres. *Les Burgondes*, sur les deux revers du Jura, *les Visigoths*, en Espagne et dans le midi des Gaules, fondent des royaumes, que les *Francs de Clovis* réduisent et absorbent bientôt. *Odoacre*, établi avec *ses Hérules* dans la capitale de l'Italie, se voit de même remplacé par *Théodoric et ses Ostrogoths*, qui doivent à leur tour se retirer devant *les Lombards*. L'Afrique est en proie aux *Vandales;* la Grande-Bretagne, envahie par *les Saxons et les Angles*. Mais, en envahissant, ces peuples, pour la plupart féroces, trouvent l'Église qui les adoucit, les épure, développe les nobles tendances de leur nature; et en même temps que ses doctrines, ils prennent *sa langue*, qui est le latin, non pas le latin savant et travaillé, même dans sa décadence, des poètes et des littérateurs, mais le latin plus simple et plus rudimentaire du peuple, le *sermo vulgaris;* encore leurs rudes organes le modifient-ils promptement et profondément, pour en tirer des idiomes nouveaux, *les langues néo-latines*.

La latin littéraire ne meurt pas cependant. Les plus nobles esprits s'efforcent de le parler et de l'écrire: ainsi, aux vie et viie siècles, *les Boèce, les Cassiodore, les Fortunat, les Grégoire de Tours*. Mais on sent chez eux tous les efforts d'une littérature qui lutte contre une décadence fatale : la recherche, l'ingéniosité, remplacent de plus en plus le naturel et la force; les images ampoulées se multiplient dans les phrases, où la construction, les fautes de prosodie et les mots eux-mêmes annoncent la barbarie. L'idiome n'est plus, d'ailleurs, en rapport avec la pensée. Aussi son champ se restreint-il peu à peu, malgré les efforts de Charlemagne et d'Alcuin pour le restaurer. Banni de la politique, en 843, par le serment des fils de Louis le Débonnaire; de la poésie, par les troubadours et les trouvères; il l'est de la langue judiciaire, en 1539, par l'ordonnance de Villers-Cotterets. Mais il demeure la langue de la théologie, du droit, de la philosophie, de l'érudition et même des sciences naturelles : après les *Alcuin, les Théodulphe, les Eginhard* (ixe siècle), c'est en latin qu'écrivent encore et la religieuse *Hroswitha* (xe siècle); et *les chroniqueurs de Saint-Denis;* et *Lanfranc, saint Anselme, saint Bernard* (xie et xiie siècles) ; et *Albert le Grand, saint Thomas d'Aquin, saint Bonaventure, Duns Scot, Vincent de Beauvais, Gerson* (xiiie et xive siècles); et *Vida, Érasme, Scaliger, de Thou, Baronius, Bollandus, Santeuil* (xvie et xviie siècles). *Descartes* lui-même se sert de cette langue, qui reste la langue des écoles jusqu'à la Révolution. C'est même en souvenir de cette vieille tradition que l'université l'avait conservée, jusqu'à ces derniers temps, dans ses distributions du concours général. Aujourd'hui elle n'est plus guère écrite et parlée que dans l'Église catholique. Ailleurs on se contente, à tort ou à raison, d'étudier ses antiques chefs-d'œuvre.

TABLEAU GÉNÉRAL

Ire ÉPOQUE (de 754 à 272). **ORIGINES**	Chants.	Lyriques.	Religieux.	Chant des Arvales; des Saliens; des Argées.
			Profanes.	Chants funèbres; chants de table, de noces, de triomphe; chants fescennins.
		Dramatiques.		La Satura, les Atellanes, les Mimes.
	Prose.	Éloquence.		Forum; sénat; éloges funèbres.
		Histoire.		Monuments publics : Commentaires des pontifes; Livres des Fastes; Grandes Annales, etc.
				Monuments privés : Listes généalogiques; Inscriptions funéraires.
IIe ÉPOQUE (278-84). **IMITATION**	Poètes polygraphes.			**Livius Andronicus**; **Nævius**; **Ennius**; **Pacuvius**; **Attius**, **Lucilius** (satires).
	Comédie.	Palliata		**Plaute** (20 com.); **Térence** (6 com.); **Cécilius** (frag.).
		Togata		**Atta**; **Afranius**.
		Tabernaria		**Titinius**.
	Éloquence.			Avant **Caton** : **Scipion l'Africain**; **Paul Emile**; première culture grecque.
				Caton : le vieux Romain, mais assoupli par l'étude du grec.
				Scipion Emilien; **Lélius** : transition vers l'éloquence de passion.
				Les **Gracques** : éloquence véhémente et passionnée.
				Antoine; **Crassus**; **Philippe** : fusion de l'éloquence romaine avec l'art grec.
	Histoire.			Avant **Caton** : **Fabius Pictor** : forme sèche et aride des Annales.
				Caton : Plan régulier : Origines.
		Après Caton.		**Calpurnius Pison Frugi** : genre simple.
				Cœlius Antipater; **Sempronius Asellion**; **Cornélius Sisenna**; **Valerius Antias** : genre orné.
				Auteurs de Mémoires : **Æmilius Scaurus**; **Q. Lutatius Catulus**; **L. Cornélius Sylla**.
IIIe ÉPOQUE (84-31). **CICÉRON et CÉSAR**	Éloquence, philosophie et genre épistolaire.	**Hortensius.**		Eloquence asiatique, agréable et fleurie.
		César.		Discours; Éloges funèbres.
		Hortensia; **Licinius Calvus**; **Junius Brutus**; **Caton** le Jeune.		
		Cicéron.		*Discours judiciaires* : In Verrem. Pro Milone, Pro Archia, etc.
				Discours politiques : Pro lege Manilia, Catilinaires, Philippiques, etc.
				Rhétorique : De Oratore, Orator, Brutus.
				Philosophie : De Republica, De legibus, Tusculanes, De officiis, etc.
				Genre épistolaire; poésies
	Histoire.	**Salluste.**		Conjuration de Catilina, Guerre de Jugurtha, Histoire romaine (frag.).
		César.		Commentaires : De bello gallico (8 liv.), De bello civili (3 liv.).
		Cornélius Nepos.		Vie des capitaines illustres.
		Pomponius Atticus.		Chronique.
	Polygraphie.	**T. Varron.**		De Re Rustica, Satires ménippées, Antiquités romaines, etc.
	Poésie.	**Lucrèce.**		De Natura rerum (6 chants).
		Catulle.		Poèmes de deux sortes, imités des Alexandrins, ou produits d'une inspiration personnelle.
		Varron d'Atax.		De bello Sequanico (p. épique); Leucadia (élégies).
		Helvius Cinna.		Smyrna.
		Pomponius. **Novius.**		Auteurs d'Atellanes.
		Labérius. **Syrus.** **Mattius.**		Auteurs de Mimes littéraires.
IVe ÉPOQUE (31 av. J.-C. 37 ap.). **SIÈCLE D'AUGUSTE**	Poésie.	**Virgile.**		Bucoliques (10); Géorgiques (4 chants) : Enéide (12 chants).
		Horace.		Odes (4 liv.); Épodes (1 liv.); Satires (2 liv.); Épîtres (2 liv.), dont une Ad Pisones (Art poétique).
		Ovide.		Médée; les Amours, les Héroïdes; les Métamorphoses, les Fastes; les Tristes, les Pontiques.
		Properce. **Tibulle.**		Elégies (4 liv.).
		Gallus; **V. Cato.**		Élégies.
		Phèdre.		Quatre-vingt-dix Fables en 5 livres.
	Histoire.	**Tite-Live.**		Histoire romaine, dont il nous reste 35 livres sur 140 ou 142.
		Trogue-Pompée, Philippiques; **Velléius Paterculus**, Précis d'Histoire universelle; **Valère-Maxime**, Anecdotes.		
Ve ÉPOQUE (37-180). **LES EMPEREURS**	A. Sous NÉRON (*flatter* ou *se taire*). — Prose.	**Sénèque.**		Philosophe : Lettres a Lucilius, Traité de la Clémence, des Bienfaits, etc.; Questions naturelles.
				Tragique : 10 pièces, Médée, Thyeste, Hippolyte, etc.
		Quinte-Curce.		Histoire d'Alexandre.
	A. Sous NÉRON — Poésie.	**Lucain.**		Pharsale (10 chants).
		Perse.		Six Satires philosophiques.
		Pétrone.		Satyricon.
		Calpurnius Pison.		Églogues.
		Columelle.		De Re Rustica.
	B. Sous DOMITIEN (*flatter* ou *se taire*). — Prose.	**Pline** l'Ancien.		Histoire naturelle (35 livres); Traités divers.
		Quintilien.		Institution oratoire (12 livres).
	B. Sous DOMITIEN — Poésie.	**Silius Italicus.**		Punica (*deuxième guerre punique*, 17 chants).
		V. Flaccus.		Argonautiques (8 chants).
		Stace.		Trente-deux Silves (32); la Thébaïde (12 livres) et l'Achilléide (2 chants).
		Martial.		Quinze cents Épigrammes.
	C. Sous TRAJAN (*liberté*). — Prose.	**Tacite.**		Annales, de la mort d'Auguste à la mort de Néron (*restent 8 livres et fragments*).
				Histoires, de la mort de Néron à celle de Domitien, 68-96 (*restent 4 livres*).
				Vie d'Agricola, Mœurs des Germains, Dialogue des orateurs.
		Suétone.		Vies des douze Césars.
		Florus.		Epitome de gestis Romanorum.
		Pline le Jeune.		Lettres, Panégyrique de Trajan
	C. Sous TRAJAN — Poésie.	**Juvénal.**		Quinze Satires et fragments d'une seizième.
		Turnus; **Sulpicia**		Satires.
	D. Sous LES ANTONINS (*décadence accentuée*).	**Fronton.**		Correspondance avec Marc-Aurèle.
		Aulu-Gelle.		Nuits attiques.
		Apulée.		Plaidoyers et Ane d'or

TABLEAU GÉNÉRAL (suite)

Époque				
VIe ÉPOQUE (180-476). **DERNIERS EMPEREURS et DOCTEURS CHRÉTIENS**	Profanes.	**Ammien Marcellin, Symmaque; Ulpien, Papinien; Julius Romanus, Juba Censorinus Macrobe; Némésien, Claudien, Rutilius.**		
	Chrétiens.	Apologistes.	**Tertullien.**	APOLOGÉTIQUE, TRAITÉS de toutes sortes.
			S. Cyprien.	UNITÉ DE L'ÉGLISE, TRAITÉS variés.
			Lactance.	INSTITUTION DIVINE, MORT DES PERSÉCUTEURS.
		Dogmatiques.	**S. Hilaire.**	TRAITÉ DE LA TRINITÉ, HOMÉLIES.
			S. Ambroise.	HEXAMÉRON, HOMÉLIES, ORAISONS FUNÈBRES.
			S. Jérôme.	VULGATE, CONTROVERSES, LETTRES.
			S. Augustin.	CITÉ DE DIEU, CONFESSIONS.
		Poètes.	**Prudence, Ausone, S. Prosper, Sidoine Apollinaire.**	
VIIe ÉPOQUE (476?). **PEUPLES MODERNES**	VIe et VIIe siècles.	**Boèce, Cassiodore, Fortunat, S. Grégoire de Tours.**		
	VIIIe et IXe siècles.	**Charlemagne** et son **École** : ALCUIN, ÉGINHARD, etc.		
	Xe siècle.	**Hroswitha**, religieuse saxonne : pièces de théâtre et poèmes.		
	XIe et XIIe siècles.	Les *Monastères* : **Lanfranc, S. Anselme, S. Bernard.**		
	XIIIe et XIVe siècles.	Les *Universités* : **S. Thomas, S. Bonaventure, Duns Scot, Gerson**, etc.		
	XVIe siècle.	La *Renaissance* : **Vida, Erasme, Scaliger**, etc.		

23388. — Tours, impr. Mame.

CLASSIQUES DE L'ALLIANCE DES MAISONS D'ÉDUCATION CHRÉTIENNE

FRANÇAIS

Dictionnaire universel illustré (Édition Mame), par Mgr Paul Guérin et M. Bovier-Lapierre. 11 cartes dans le texte, 866 figures, 44 tableaux encyclopédiques, 24 cartes et planches en couleurs. . . . 2 75
Grammaire française de Lhomond, par M. l'abbé Maunoury. . . . 1 »
Exercices sur la Grammaire française, par le même. 1 25
Cahiers de conjugaisons. . . . » 15 — Le cent. 12 »
Tableau des Conjugaisons françaises, par M. l'abbé Chanaron. . . . » 20
Orthographe d'usage, par M. l'abbé Bieling de Lunebourg. . . . » 15
Méthode d'Analyse logique, par le P. Le Monnier. » 40
Dictionnaire des verbes irréguliers, par M. l'abbé Noirot. Broché. . . . 2 »
Boileau. — Œuvres choisies, par M. J. C. . . . 1 50
Boileau. — L'Art poétique, par le même. . . . » 40
Bossuet. — De la connaissance de Dieu, par M. l'abbé Martin. . . . 1 50
Bossuet. — Discours sur l'Histoire universelle (3e partie : **Les Empires**), par M. l'abbé Appert. . . . 1 25
Bossuet. — Oraisons funèbres, par M. l'abbé J. Martin. 1 60
Bossuet. — Sermons choisis, par M. l'abbé Vialard. 3 »
Buffon. — Discours sur le style, par M. l'abbé J. Pierre. » 30
Buffon. — Morceaux choisis, par le P. Léon. 1 20
Condillac. — Traité des sensations, Livre I, par Mgr Drioux. . . . 1 40
Corneille. — Le Cid, par M. l'abbé Figuière. . . . » 40
Corneille. — Cinna, par le même. . . . » 40
Corneille. — Horace, par le même. . . . » 40
Corneille. — Le Menteur, par M. l'abbé F. Klein. 1 »
Corneille. — Nicomède, par M. l'abbé Grosjean. . 1 »
Corneille. — Polyeucte, par M. l'abbé Figuière. . » 40
Descartes. — Discours de la méthode, par M. l'abbé J. Martin. . . . 1 »
Descartes. — Première méditation, par le même. » 60
Descartes. — Les principes de la philosophie, Livre I, par Mgr Drioux. . . . 1 50
Fénelon. — Aventures de Télémaque, par M. l'abbé J. Martin. . . . 1 50
Fénelon. — Dialogues des morts, par le même. 1 75
Fénelon. — Fables et opuscules divers, par le même. » 75
Fénelon. — Lettre à l'Académie, par M. l'abbé E. Gaumont. . . . » 80
Fénelon. — Traité de l'existence de Dieu, par M. l'abbé J. Martin. . . . 1 50

La Bruyère. — Caractères, par M. l'abbé Julien. 2 50
La Fontaine. — Fables, par M. l'abbé Meurisse. 1 60
Leibniz. — La Monadologie, par M. l'abbé Martin. 1 25
Leibniz. — Nouveaux essais sur l'entendement humain, Avant-propos et Livre I, par M. J.-H. Vérin. 1 »
Malebranche. — De la recherche de la vérité, Livre II, par le P. Largent. . . . 1 50
Massillon. — Le Petit Carême, par M. l'abbé Soulié. 1 60
Molière. — Le Bourgeois gentilhomme, par M. l'abbé Figuière . . . . 1 »
Molière. — Les Femmes savantes, par le même. 1 »
Molière. — Les Précieuses ridicules, par le même. 1 »
Molière. — Le Misanthrope, par le même. . . . » 40
Molière. — Tartufe, par le même. . . . 1 25
Montaigne. — Extraits, par MM. les abbés F. Klein et Charbonnel. . . .
Montesquieu. — Considérations sur la grandeur et la décadence des Romains, par M. l'abbé Blanchet. 1 25
Pascal. — Opuscules philosophiques, par M. l'abbé Vialard. . . . » 75
Pascal. — Pensées sur la religion, par le même. 3 »
Pascal. — Provinciales (Ire, IVe, XIIIe), par le même. 1 50
Racine. — Andromaque. Étude littéraire, par le P. Boulay. . . . 2 50
Racine. — Andromaque, par M. l'abbé Figuière. . 1 »
Racine. — Athalie, par M. l'abbé Ragey. . . . » 40
Racine. — Athalie, par M. l'abbé Figuière. . . » 40
Racine. — Britannicus, par le même. . . . » 40
Racine. — Esther, par le même. . . . » 40
Racine. — Iphigénie, par le même . . . 1 »
Racine. — Les Plaideurs, par le même. . . . 1 »
Racine. — Théâtre choisi, par M. Le Bidois. . .
Recueil de poésies, par M. l'abbé Joleaud. . . . 1 25
Rousseau (J.-B.). — **Œuvres**, par M. l'abbé Maunoury. 1 50
Rousseau (J.-J.) — **Morceaux choisis**, par M. l'abbé Montagnon. . . . 1 75
Sévigné (Mme de). — **Lettres choisies**, par M. J. C. 1 80
Théâtre classique (9 pièces), par M. l'abbé Figuière. 3 »
Voltaire. — Histoire de Charles XII, par M. l'abbé Asselin. . . .
Voltaire. — Lettres choisies, par M. l'abbé J. Martin. 2 75
Voltaire. — Mérope, par M. l'abbé Figuière . . » 40
Voltaire. — Siècle de Louis XIV, par M. l'abbé Vernay. 2 50

LITTÉRATURE

Histoire de la littérature latine, par M. l'abbé Morlais. Cartonnage toile pleine. . . . 3 »
Histoire abrégée des littératures anciennes et modernes. J. M. J. A. . . . 3 »
Histoire des littératures anciennes et étrangères modernes. J. M. J. A. Cartonné. . . . 4 50
Histoire de la littérature française. J. M. J. A. Cartonné 4 50
Histoire des littératures française, grecque et latine, mises en tableaux synoptiques, par les PP. Bizeul et Boulay.
Littérature grecque . . . . 2 »
Littérature latine. . . . 2 50
Littérature française, 1re partie, allant jusqu'à 1500. 4 50
2e partie, de la Renaissance jusqu'à nos jours. . 7 50
Histoire de la littérature anglaise, par M. l'abbé Saillard. . . . 1 50
Cours de littérature (Rhétorique), par M. l'abbé Chérion. 2 »
Préceptes de littérature : composition, style, poétique, par M. l'abbé de Montvert. . . . 2 50

Rhétorique de Girard, par M. l'abbé Maunoury. . . 2 50
Morceaux choisis de poètes et de prosateurs français, par M. l'abbé E. Ragon.
Cours élémentaire, XVIIe, XVIIIe et XIXe siècle. . 2 50
Cours moyen, XVIe, XVIIe, XVIIIe et XIXe siècle. . 3 50
Cours supérieur, de l'origine de la langue française jusqu'au XIXe siècle 4 50
Lettres choisies du XVIIe siècle, par le R. P. Chauvin.
Broché. . . . 2 50
Cartonné toile pleine . . . . 3 »
Recueil de narrations françaises, par MM. les abbés Bujadoux et Benne. . . . » 40
Prosodie française, contenant les règles de la prononciation et de la versification, par M. l'abbé Lejard. . . . 2 50
1re partie. Traité de prononciation . . . . 1 »
2e partie. Traité de versification. . . . 2 »
Notions d'étymologie classique, grecque, latine et française, par M. l'abbé Bernier. . . . 4 »

GÉOGRAPHIE

Cours de Géographie, conforme au programme officiel, avec cartes dans le texte et cartes en couleurs hors texte, par M. J. Dupont.
Notions de géographie générale et géographie du continent américain . . . . 3 »
Géographie de l'Asie, de l'Afrique et de l'Océanie. 2 50
Géographie de l'Europe. . . . 3 50
Géographie de la France et des colonies françaises. 3 75
Précis de Géographie ancienne, par M. J. Dupont. » 75
Cours de Géographie, par M. E. C*** . . . 3 »
Petite Géographie moderne, par le même. . . 1 »

23336. — Tours, impr. Mame

www.ingramcontent.com/pod-product-compliance
Ingram Content Group UK Ltd.
Pitfield, Milton Keynes, MK11 3LW, UK
UKHW012259240726
13966UKWH00004B/1497